我叫你一声，你敢答应吗

戴正阳 / 著

北京联合出版公司
Beijing United Publishing Co.,Ltd

我叫你一声，你敢答应吗

目录

姐姐

郑直原来住在海淀，这小子是我发小，家都住在一起。但是他爸不知道从哪儿听的小道消息，说北京七、八环已经规划完成，涿州也纳入了首都范围。结果老爷子一时兴起，拿着积蓄跑到涿州又买了三套房，还是同一个小区的同一层。

我问他：“那你这岂不是京冀两头儿跑？”

郑直说：“可不是吗，家里响应我爸的号召，呼呼啦啦全搬过去了。一开始还觉得挺美，地方宽敞，而且空气不错。可是住得久了，就发现问题了，交通太麻烦！早上开车去上班，收一短信‘北京联通欢迎您’，下班回家再收一短信‘河北联通欢迎您’，循环往复，日月不休。后来一想，得嘞，这油钱基本上就够得上一大笔了，结果一家子现在又折腾回北京。”

我说：“那这涿州的房子怎么办？”

他说：“租着呗，租出去了两户，还有一户空着，我有时候也去住一阵子，顺便收收房租。”

“你知道租我那房子的是什么人吗？”

郑直压低嗓子，又探头探脑地环顾左右，那神色很有点儿像是原来中关村裹着军大衣、鬼鬼祟祟问你要不要光盘的二道贩子。

“楼凤！”他轻声说。

“真的？”我有点儿吃惊地看着郑直，这答案确实没想到。楼凤其实是挺艺术化的称呼，要是按照广大人民群众喜闻乐见的叫法，应该是“鸡”。不过楼凤一般不出台，也不在娱乐场所工作，她们都是在居民小区里租一个单间，稍微宣传一下，有需要的客人就会找上门来，比一般的床上服务业隐蔽性更高。

“有机会带你去见识见识。”他拍拍我的肩膀。

不过郑直说的话，我转脸就抛在脑后了，就当一插曲听。

我记得一位哲人曾说过：如果面对百分之五十的利益，就有人敢违背道德；如果面对百分之一百的利益，就有人敢践踏法律；如果面对百分之三百的利益，就有人敢铤而走险，哪怕冒着被绞死的危险。

甭管楼凤这行当听起来多不堪，说到底还是为了挣钱。

过了有三四个月的时间，郑直邀请我去看看他家在涿州买的房子，开车都快到那小区门口了，我才突然想起来他提过的这茬儿。

我问他："你说过的那楼凤租客还在吗？"

郑直点点头说："在呢，这都住了有小半年时间了。"

我俩边说边聊，上了楼。郑直他爸确实有意思，整整买了二楼一整层，没走几步就到了。刚踏上最后一级楼梯，就有人脆生生地喊："哥！"

"哎！"我下意识答了一声，抬头看见一个十五六岁的男孩儿坐在房门口，两手平放在腿上，乌溜溜的黑眼珠瞧着我和郑直。

郑直笑了一下，拿胳膊肘捅捅我，低声说："那是一傻子！你还真答应啊！你也傻了？"

"傻子？看不出来啊？"我小声问。郑直从口袋里摸钥匙，我扭头看着那小孩儿，平头，眉眼不难看，穿着一身运动装，很干净。不过喊了我们一声之后，就马上移开了视线，两眼直勾勾地盯着楼梯。

郑直开了门，把我推进屋，端茶倒水，又带着我看了看房间。

"你家这房子租得够奇怪的啊，又是楼凤又是傻子。"我说。

"那傻小孩儿是楼凤的弟弟。"郑直回答道，"他们家那门一年四季都敞着，这傻子一大早就搬着个方凳坐在门口，背挺得倍儿直，到晚上都不挪窝。就盯着楼梯看人，分清楚男女老少，张嘴就喊，大爷大妈叔婶哥姐叫得顺溜着呢。"

"他姐不在家待，听说是在北京也租了个地方，主要是在那儿招待，挺晚了才回来。我也就收租金的时候见了一两回。”

我问郑直：“照你这说法，你不应该知道他姐是干这个的啊？这边属于生活区，北京那儿才属于办公区。”

郑直拿手点了点门外，说：“还不是这傻子惹出来的事儿。”

其实当天郑直并不在现场，详情都是周围的街坊告诉他的。

那天是周六，晚上七八点钟，傻子的姐姐领着个男的回来了。据郑直估计，那一阵儿正好碰上北京市搞扫黄打非大检查，估计是市区内的生意不好做，结果就带到这儿来了。

两人进屋，那傻子也要跟着他姐姐进去。

但是那男的不让，哪有跟个傻子看着的道理，也不知怎么的就和他姐姐吵了起来。傻子也是犯了浑，拿起板凳就打那人，正好凳子腿儿从眼角擦过去，这一下就出血了。两个人边打边跑，吵吵闹闹地从屋里一直到屋外，最后连周围的街坊都给闹出来了。

那男的光着身子，就穿个裤衩站楼道里，什么脸都丢完了。他当然不肯吃亏，嘴里连喷带骂：“哪有人这么出来卖的？！婊子还搭着个傻子，绝配！”

话难听，也把情况都挑明了。这楼里的邻居都知道是怎么回事儿了。

郑直把经过讲完，还感叹了一下，说：“这事儿弄的，周围街坊也知道我家房子租给了那种人，还有人劝过我，说干脆把房子收回来得了。”

我问他：“那怎么还在租着呢？”

郑直摇摇头说：“我确实有过这想法，但是刚出门心就软了，每次上下楼这傻子都喊我哥，我要是突然把房子收了，他俩住哪儿呢？周围的邻居也说，他姐虽然是干这个的，但是那傻弟弟确实没招谁惹谁，而且喊人喊得勤快，就冲这声也得念着他点儿好吧。”

就那傻子，郑直说：“其实不是纯傻，我觉得和电影里的阿甘有点儿像。智商不高，但也能想问题，别人和他说话，他也能答。我原来问过他，干吗别人上下楼，他都要喊。他说是他姐姐让他喊的，说这样别人会对他好一点儿。”

“我估计是他姐姐不想因为自己连累着周围人骂她弟弟。”

郑直和我这么解释道。

我俩又坐了一会儿，准备回北京，下楼的时候，那傻子又喊：“哥！”

声音很脆。

这些事儿我都是当扯淡来听的，没怎么在意，不知道郑直到底是真的心软还是因为那楼凤从未拖欠过房租，总之那傻子和他姐姐还住着郑直家的房子。郑直原来也没想过会碰到这样的人这样的事儿，其实市井才是大戏，无论小偷儿、妓女还是匪徒、高人，他们也都长着普通人的模样。

再提起来傻子的时候，都已经到十二月份了。

之前北京下了几场雪，因为延续的时间比较长，都积在一起没化开。我们几个朋友约着去吃羊蝎子，酒桌上无意间聊到郑直他爸，说老头儿现在肯定后悔，北京八环看来是不靠谱了。正说着，郑直碰碰我胳膊，问："还记得那傻子吗？"

我点点头，说："怎么了？"

"腿折了。"郑直撇撇嘴，对我说。

"怎么弄的？"我有点儿好奇。

"从二楼跳下来的时候摔的。"郑直说，"真他妈虎逼。"

这次的事儿，他是亲眼目睹了。本来郑直是去小区补交暖气费和之前的水电费用，结果磨磨蹭蹭一直拖到晚上七点多钟。天一黑，返京路上有雪不好走，他就打算在涿州的屋里睡一夜。等上楼梯回屋的时候，发现有一男的正站在傻子面前，那男的五十多岁的样子，短发，眼窝深陷，从鼻子到脸颊都是红通通的，老远就能闻着一股酒味儿。

这男的手里还拿着个塑料袋，里面装着"口杯"，这玩意儿和平时用的大白酒杯差不多尺寸，外面罩着塑料膜，里面装着白酒。那男的摸摸索索从塑料袋里掏出来一个，刺啦一声撕开，仰起头咕咚咕咚全灌进肚子里，然后瞪着充血的眼睛。他看到郑直掏钥匙准备开门，就摇摇晃晃走过来问："你是这儿的房东吧？"

郑直点头说："是，你找哪位？"

那男的指了指傻子，说："我是他爸，他姐什么时候回来？"

郑直瞧他喝了不少酒，不想多纠缠，就说不知道。

那男的哼哼了两声，又转过身问坐在门口的傻子："傻子，你姐什么时候回来？"

一听这称呼，郑直心里有点儿不舒服，就算你是老子，也不能这么称呼自己儿子吧？不过喝了酒的人，又不认识，郑直想着多一事不如少一事，就没再多说，直接关门进了屋里。进屋之后，他做菜吃饭洗澡，然后看电视，到十点多钟，这中间都风平浪静。等到他熄灯准备睡觉了，突然听到门口一阵吵闹。

女人的喊声很尖，还夹杂着男人的骂声。

郑直从床上爬起来，披着衣服开门。

刚探头就看到门外有一个塑料袋，里面全是空的口杯，才几个小时的工夫，这男的就把酒喝完了。

"给钱，给了钱我就走。"

那男的说："我是你爸，你得给我钱。"

"你管过我们吗？你找我们要钱，你要脸吗？"傻子的姐姐不知道什么时候回来了，指着她爸一边哭一边骂。

傻子还呆愣愣地坐在那里，他姐指着那个男人说：“滚！你给我滚！”

那男的也不答话，只是冷笑。

傻子的姐姐见他不走，直接过去推，没承想被她爸一把攥住了头发。那老头啪啪两巴掌扇在傻子姐姐的脸上，然后一只胳膊卡着她的脖子，直接带着往楼下走。女的连哭带喊，拿手乱抓，可是都不管用。楼道里也有其他住户被吵着的，但都只是打开门看，非亲非故的，闹矛盾的又是一家人，就算想管也开不了这个口。

一会儿工夫，这男的就拖着他女儿出了楼道，喊声越来越远。

这时候，本来坐在门口的傻子突然站起来了，一脸的焦急。郑直他们那楼，从二楼开始，楼层间隔都有开口的凉台，傻子噔噔噔跑到二楼与一楼间隔的那个凉台口，朝底下张望。

“姐！”他吼了一声。

还没等人反应过来，他双手一撑就站到了台子上，呼的一下就跳了下去。

砰的一声闷响。

这一下邻居们也哗啦啦全挤到了凉台前，郑直没凑这个热闹，他往楼下冲，这可是人跳下去了，弄得不好就要出大事儿。等他下楼一看，地上的积雪都给腾起来了，万幸的是二楼的高度并不算太离谱，傻子咧着嘴站起来，一瘸一拐地往前挪，然后一把抓住了他爸的胳膊，死都不撒手。

三个人扎在一起，倒在地上，这一通乱打。

郑直虽说是一浑球，但确实还有点儿正义感，走过去帮着拉开了那姐弟俩，这才解了围。

“嘿，你别说，那小子傻是傻，对他姐确实不错。我把他俩和那男的拉开以后，那傻子立刻窜到他姐面前，盯着不让人碰，眼神儿和狼崽子似的。”

郑直摇了摇头，有点儿感慨地说。

“他扭头对他姐说，姐，别怕。”

“哎哟，当时心里咯噔一下，那滋味儿说不出来。”郑直喝了一口酒。

“后来呢？”我问。

“后来这事儿就不了了之，我一出去管，其他人也跟着起哄，你一言我一语，那人犟了几句，也不好意思再待，就走了。”

“傻子这时候才喊了一声，姐姐我脚疼。他姐姐抱着他，哭得眼泪都止不住了。”

“我们那小区有人面儿广的，还认识那男的。别说，还真是那姐弟俩的亲爹，也不知道怎么摊上这么个玩意儿。我也是听别人说，他俩的爹原来出过事儿，在涿州的西关那儿扎死人了，直接进号子了。那时候姐弟俩还小，爹前脚刚进去，妈后脚就改嫁了，两人就跟着爷爷奶奶。后来爷爷奶奶也死了，就这俩小的一块儿过。”

“听着像八点档悲情连续剧剧情似的。”我说。

“可不是么，要不怎么说艺术来源于生活而高于生活，早有真事儿垫着呢。前几年那男的刑期服满，一出来就要钱，都没法儿说。不是我同情心泛滥，妈走了爹进去了，爷爷奶奶又不在了，还有一傻弟弟，你说怎么办？有人看不起出来卖的，我不这么想，但凡是有能力有正经营生的，谁愿意干这个？”

“生活所迫，这四个字儿颠扑不破是真理。”

我笑着说：“得了吧，再说你该变哲学家了，那傻小孩儿现在怎么样了？”

“打了石膏绑着绷带，不过原来是坐在门口不动，现在是每到晚上十点，他就瘸着个腿往楼下跑，站在楼道门口候着，准备接他姐回家。”

“这么冷的天儿，受得了吗？”我皱着眉问。现在晚上一出门，风都跟刀子似的，从后脊梁插进去，剥皮抽筋。

郑直扬着眉毛，说：“傻呗！”

锅里的热气升腾，我手中的酒杯却渐渐冷了。

郑直在涿州的房子本来租出去了两户，因为快要过年了，有一家最近退了房。郑直就喊我过去帮忙打扫一下，这样年后要是有新的租户就可以立即搬进来。

还是郑直开车接我，聊了一会儿别的，我问他："是不是租户只剩下那傻子和他的楼凤姐姐了？"

郑直点点头。

"他们过年不回家吗？"我问。

郑直摇摇头，看着我说："他俩还有家吗？"

我耸耸肩，这小子现在说话和文艺青年一个尿性了。

我们从北京出发的时候是下午三点，我透过车窗看外面的天，感觉阴沉沉的，怕是要下雪。接近年关，车多人多，一直到五点多我们才到目的地。风刮得耳朵疼，像是要被冻掉了一样，我和郑直两人缩着脖子搓着手进了楼道。

那傻子还是坐在门口，只不过左小腿连脚都裹着厚厚一层白纱布，手还是平平地放在腿上，背依然挺直。倒是头发长了一点儿，不再是我之前见他时的短发，身上穿着一件厚军大衣，是那种老式的，军绿色，在脖领那儿还有一圈黑色的翻毛。

脸色有些白，眼皮也低垂着，不像我印象里那么有精神。

听到我和郑直的脚步声，他抬起头，喊我们。

"哥。"

声音有些急促，伴随着白白的水汽，飘散在楼道里。

郑直只是闷着头应了一声，我朝那傻子点点头，也随着郑直进了另外一个房间。原来租住的这一户是一家三口，虽然人是走了，但是也留了不少不要的破烂儿。我俩收拾了半天，才弄完三分之一，这就已经到了晚上六点多。郑直说现在时间已经晚了，再回北京都不知道几点了，干脆在这儿将就一宿。而且他家里还有面条，冰箱里还有点儿菜，等会儿去随便弄点儿吃的得了，今晚一鼓作气把屋子打扫完。

我俩从屋里退出来，正好瞧见傻子站起身，伤腿半蜷着，单腿儿往他房间里跳。我问郑直："他这是要干吗？"郑直说："大概是饿了，去吃饭吧。"

我侧着头，往屋里瞄。果不其然，客厅中间有个黑方桌，上面摆着白色的盘子，傻子从上面拿了几样东西，又单腿儿往外跳。等走近了，我一看，傻子手里拿的就是那种早餐摊上经常见的圆烧饼，一个只有拳头大小，没多少内容。

我对郑直说："就这东西，又没味儿又小，能填饱肚子？能好吃？"

郑直摇头说："菜不够饭来凑，他们家是压根儿连菜都没有，只有靠这个了。你说他姐姐在家的时间才几个小时？也没时间给他做饭，就只能事先买好了干粮，这傻子要是饿了，就自己抓着吃，渴了就倒白开水喝。"

我说："这确实惨了点儿，大冬天吃这个胃也受不了。要不咱俩接济他一下，等会儿也喊他吃面条，加双筷子的事儿。"

郑直挺诧异地看着我，说："呦，真看不出您老人家还是菩萨心肠。"

我说："社会主义国家不能忘记阶级弟兄，但凡能帮衬点儿，也不吝啬搭把手。咱们也不是什么大富大贵的人，但是吃口面，热汤热水儿的，这也算力所能及。"

郑直擤了擤鼻子，对我说："就当积德。"

打发了郑直去煮面，我站在门口对那傻小孩儿说："别吃饼子了，等会儿去那边吃面条。"我指了指郑直的家。

傻子愣了一下，一边嚼着嘴里的饼，一边抬头瞧我。眼神呆愣愣的，但是看着特别通透，能从他眼睛里看到我自己的影子。

我怕他没听懂，又重复了几遍，还一直比画着动作。

傻子放下饼子对我笑，好像还有点儿不好意思。我估摸着，他明白我说的是什么了，就搀着他的胳膊，把他架了起来。我胳膊刚挨着他的袄子，他就有点儿不自然地退了一下，脑袋磕在墙上，一声脆响。我心里觉得有点儿好笑，但还是扶着他，往屋里走。

傻子刚刚已经吃了一个饼了，手里还攥着两个，舍不得撒。

我刚安顿他在餐桌前坐下，郑直从厨房里探出个脑袋对我说："你可以和他聊聊天儿。你别看他是傻子，但其实也能说点儿话。你问个一加一等于几，只会呵呵对你傻笑流口水的是纯傻。这小孩儿不是，他说不定还能给你整出个一加一等于三。你就把他当一个五岁小朋友就行了。”

我听了郑直的话，就试探着问傻子，他叫什么名字。

傻子望了望我，有点儿怯生生的，嘴里含含糊糊地答了一句，我只听清刘什么，姓是清楚了，后面的名字不知道。

我又问了不少问题，他能说的不多。

我问他：“干吗老是坐在门口？”他说：“等姐姐。”

我又接着问：“你怎么知道姐姐什么时候回来，那要等很久？”刚问出口，我觉得这问题有点儿难，怕这傻子拐不过来弯儿。

没承想他说得倒是挺顺溜，说：“数数，数四万下姐姐就回来了，姐姐这么说的。”

嘿，我听着觉得挺有意思，傻小孩儿也知道数数。正说着，郑直端着面条过来了。食材简单，做的是西红柿鸡蛋面。那傻子接过面，热气扑到他的脸上，他抬起头朝我和郑直笑了笑，然后把饼放到了面汤里泡着。我对郑直说：“瞧，还挺会吃。”

郑直笑笑坐下来，我俩边吃边聊，结果我的面还没吃到一半儿呢，那傻子已经吸溜着连汤都喝完了，坐在饭桌上傻乐。

“饭量还不小。”我笑着说。

郑直点点头，夹了一筷子面塞嘴里，嘟嘟囔囔地说：“可不是嘛，这么个累赘，他姐也没想过撒手不管。前段时间，我听说还有人给他姐介绍了个对象，但是最后没成。”

“呦，这怎么回事儿？”我放下筷子问他。

郑直一边吃一边说：“就这楼里，有一户认识楼凤的亲戚，好像和那亲戚还是同事吧。说是楼凤的亲戚前几个月给她介绍了一对象，那是一瘸子，就是小儿麻痹，都四十多了，还没娶亲。但人还算老实，也是涿州本地人，和楼凤他们还是一个地方的，知根知底，而且最难得的是没嫌弃楼凤是小姐。”

我叹了一下说：“这确实不容易，那为什么又吹了？”

“小姐能忍，但你能忍白养一个傻子吗？”郑直低头吃面，又侧着脸睨了一眼傻子，“有一没事儿干还白白花钱的累赘，你怎么办？”郑直冷笑了一下接着说。

“傻子的姐姐不干，说在一块儿，就得尽量容着她这弟弟，要不然没人管他，不得死在外边了。这一来二去，吵了几回就吹了。当然我这也都是听说，具体怎么样，也不清楚。”郑直摇头晃脑地说。

他拿筷子敲了敲碗，低声对我说：

“都说婊子无情，戏子无义，可我觉着有时候这婊子的情挺真。”

吃完饭，郑直说他一人先扫着，让我待屋里看会儿电视。我瞅见傻子想往外跑，就也把傻子摁住，让他坐沙发上一起看。楼道里确实冷，那地儿又不是封闭式的，还带着敞开的露台，寒风一个劲儿往里刮，他在那儿坐着非吹病了不可。

电影频道正在演《霸王别姬》，我就耐着性子看，那傻子虽然眼前有电视，但是心却不在这儿，一前一后晃着身子，嘴里念念有词。

我仔细听了听，他在数数。

电影演到了菊仙要脱离妓院，去找段小楼。她把所有的金银首饰都扔在了桌子上转身出去，这时候老鸨拿了个银元吹了口气儿，放耳朵边儿上听着，冷笑着说："我告诉你，窑姐儿永远是窑姐儿，甭以为出了这个门儿你就是良人。"

我听着台词，突然没来由地觉得烦闷。

正好郑直喊我帮忙，我就把电视关了。郑直家里的门我也没关，就让那傻小孩儿待着，里边有暖气好歹能暖和点儿。

过了半个小时，我正扫着地呢，突然听到楼道里噔噔噔地闷响。

我问郑直，这是怎么回事儿。郑直说，大概是那傻子在下楼吧，每次都是这样，一手扶着楼梯扶手，一手撑着墙，单腿向下蹦，一脚下去，震得整个楼道都响。

趁着郑直去洗墩布的工夫，我拿了根烟点上火，出门走到二楼的露台前。

起风了，一抬头就是黑压压的天，像是要塌下来。雪粒儿被风裹着呼呼地往人脸上扑，这种感觉有点儿像是站在戈壁沙漠上，遭遇沙暴的袭击。小区的灯光暗淡得厉害，橘黄色的光线只是在道上留了点儿亮，连人的脸都瞧不清楚。

我低头看，傻子一个人站在楼道口，倾斜着身子，用那条好腿站着。

只是一分钟的工夫，雪就飘到他的头上，从我这个方向看上去，他和老头儿似的，白了头发。他有些不安地动着胳膊，应该是冷得厉害。

那件棉袄穿在他的身上有些大了。

“姐姐！”傻子突然喊了一声。

我抬眼去看，远远地有个人影。

“姐姐！”傻子一边喊，一边往前。

傻子单腿儿往前蹦，每一下都在雪里留下深深的脚印，咯吱吱地响着。他的动作很快，头上的雪随着他的动作抖落在地上。

远处的那个人快走了几步，到了傻子的面前，是个女人，只不过我看不清她的样子。她用手把傻子穿的棉袄的脖领立起来，这样能挡着些风雪。

傻子伸出手，牵着他姐姐的手。

“姐姐。”

他叫道。

两个人向前慢慢走着，傻子的姐姐扶着傻子的身子，两个人的影子叠在一起。

那是一傻子，再粗俗一点儿，人们都是喊他傻×。那是一楼凤，再粗俗一点儿，人们都是喊她鸡或者婊子。可他们相依为命，却是人世间的真性情。

傻子抬起头，带着笑脸，说道：

“姐姐，我们回家。”

佛爷

暑假在八里庄的律所干活儿。

虽说所儿的名气还成，但地方确实不算大，就是灰浆楼的二楼那么一层。如果不是挂着招牌，行人无意间瞥见肯定以为就是普通民居。

灰浆楼的一楼都是小的店面，五金杂货、早点摊子、修车补鞋。

正对着我们律所楼下的，是一个小超市，门脸儿并不大。说是超市，其实就是一间教室大的屋子，里面摆着五六排货架，不过东西倒是挺齐全，基本的生活用品吃喝玩用都能买到。有时候超市还卖点儿应季的水果，十几个塑料筐往门口一搁，自选自挑。

超市老板五十来岁，姓崔，个子不高，体形偏瘦。他和我们律所的头儿是老朋友，两人关系很好，得闲儿的时候总要在超市门口摆上棋盘，过上几招儿。要说超市不算大型超市，这老板好歹也是资产阶级代表啊，要说这律所业务不算高深，我们头儿好歹也算文化人吧，可这两人倒好，浑然不顾形象，光着膀子猫儿在超市的柜台后面，一人坐着一个小板凳，外面柳荫蝉鸣，屋里凉茶象棋，摇着蒲扇，指头点着棋子儿，嘴里喊着棋语，炎炎夏日，杀得大汗淋漓。

北京的八月，还有些闷热，这俩能坚持从明晃晃的大太阳下到傍晚天上的云朵染彩儿，确实毅力惊人。我有时候也会去看看他们的棋局，不过瞅着瞅着，我这注意力就不集中了，我问崔老板："崔叔，您这都不看店，下棋一下就是大半天，还怎么做生意？要是遇到小偷小摸的，您也瞧不见啊！"

崔老板嘿嘿笑着，手里叠着棋子，哗啦啦地响。

"我这儿长了一只眼！"他拿手拍拍自己的后脑勺儿，笑着说道。

"什么人来，拿什么东西，给了多少钱，我全知道！"

我摇摇头说："不信。"

崔老板顺手一指，对我说："你进去，挑一样，揣兜里。等你到了柜台，我说你拿了什么东西。要是说错了，东西你白拿走。"

我一听，还有这等好事儿，赶紧三步并作两步窜进货架之间，两眼放光四处寻摸。我这一边找着，一边看崔老板的动静，结果发现他还是专心致志地下着棋，头都没抬一下。半人高的柜台把身影都遮住了，只有他花白的头发冒了个尖儿。

这下我放心了，背对着他们，从货架上摸了东西揣在兜里，然后怀着激动的心情迈向柜台。怎么形容呢？这感觉就像是我给全人类出了一道极难的智力题，结果中美英德各国精英都抓耳挠腮回答不上来，等到他们齐呼大救星的时候，我就特潇洒地挺直身子，伴随着灯光和音乐大声喝道：傻×，答案只有我知道，就是……

“把你那左兜儿里的杜蕾斯掏出来吧，屁大的孩子，还用不上这个。”崔老板啪一下跳马吃炮，惹得我们所的头儿倒吸一口冷气。

“还和我玩花样，只让你拿一个，怎么右边兜里还揣着火腿肠？”

崔老板昂起头，拿鼻孔对着我，那神情要多轻蔑，就有多轻蔑。

不会啊！不能啊！我瞪着眼睛。我出的不是世界难题吗？怎么在他眼里和一加一等于几一样简单？

“崔叔，您真没抬头看我？”

我问他。

崔老板看着我一个劲儿地乐，他张张嘴刚准备说话，但扫了一眼棋盘就呆住了。只见我们头儿手执一车，横冲直撞灭卒踏马，眼瞅着就要将军。崔老板脸色大变，顾不上回答我的问题，汗珠子下雨一般地坠下来。

我再喊他，崔老板却已像被五雷轰顶，跌坐在小板凳上，嘴里喃喃自语道：“天下竟有如此棋路？”

得，瞧他这失魂落魄的劲儿，这事儿看来是问不出个所以然了。

不过越是不知道答案，我这心里反而越是念叨着。从那以后，我每次下楼到小超市里买东西，都要顺嘴问崔老板一句，但他总是不答，故作高深地半眯着眼睛瞧我，直到把我瞧得浑身不自在，这才作罢。这么坚持了一个月，我这好奇心总算是消磨干净了。谜底是什么虽然还不知道，但是我和崔老板的关系倒是拉近了不少。也是，见天儿就跑店里买东西，这样的顾客，哪个老板不喜欢？

到了十月份，北京的气温渐渐降了下来，那一阵儿所里还是挺忙的，案子不少，我经常义务加班整理材料。有一天一直折腾到晚上八点多钟才弄完，晚饭也没顾得上吃，心想着就下楼买一盒泡面得了，连汤带水，吃了还能热乎点儿。

到超市的时候，崔老板正拿着水果刀削苹果，估计是听见我脚步声了，抬头瞅了一眼，冲我点点头，之后又把眼皮耷拉下来。店里没几个人，除了我之外，就只有三个半大孩子，一个岁数稍微大点儿，有个十六七岁，还有两个十二三的样子，绕着货架转悠。

我选好东西，到前头柜台结账。崔老板半个膀子靠在墙上，拿着水果刀挑着连条儿不断的苹果皮。动作慢慢悠悠，始终低着头，看起来没什么精气神儿。

“把东西放下，人可以走了。”

他突然开口说。

啊？我愣了一下，手里拿着泡面，不知道他在说什么。

“没说你。”他闷闷地说了一句，“说你后面的。”

我回头一看，是之前店里的仨孩子，正迈步往门口走。崔老板从柜台后面走出来，拦在超市门口，面无表情。

“东西放下，人走。”这一次他说话的口气稍微重了一些。

我看见那三个孩子呆立在那儿，年纪大点儿的还比较镇定，剩下俩年纪小点儿的，神色慌张。

“小偷儿？”我反应过来，也挡着门口，免得他们突然跑了，另外从兜里掏手机准备报警。崔老板却朝我摇摇头，他走到那三个小孩儿面前，没有掏兜儿，反而一把攥住那个年纪大点儿的孩子的胳膊。那孩子挣扎着，脸色通红，张嘴说了几句，但是崔老板哼哼两声，手上一使劲儿，那小孩儿就像是拔了气门芯儿，整条胳膊都软了下来。崔老板把那人的袖口向上一翻，东西呼呼啦啦都倒了出来。

我这时候才注意到，那袖口里面还有点儿别的名堂，有点儿类似于里兜儿，手里拿着东西，往袖子里一滑，就能顺势装在里面。崔老板这拆了一个袖子还不罢休，又挨个儿检查裤管和腰带，从里面倒腾出来不少东西。我看得都惊了，之前买泡面的时候都没觉察到这仨在偷东西，而且还顺了这么多。

两三分钟，崔老板就把那三人身上的东西掏了个干净，零零散散一大堆，全垒在柜台上。

崔老板朝门口瞟了一眼，抽着嘴角冷笑。

他从柜台的案板上拿起水果刀。

看到他这个动作，我稍微有点儿慌，小偷小摸确实可耻，但真要动了刀子，那就是刑事案子了。

没承想崔老板另一只手又拿起苹果，只不过他拿苹果的姿势比较奇怪，五根手指蜷着，扣在苹果上，中间留下不大的缝隙。然后他抬起胳膊，拿着水果刀的手狠狠往下一沉，刀锋顺着食指与中指间的缝隙扎进苹果里。

紧接着他两指一压，水果刀又直直地拔地而起，带着苹果汁儿，在超市的灯光下，刀锋竟然闪着寒光。这一幕让我想起来原来听评书时听到的词儿“白眉大侠苍啷啷拔出宝刀”。崔老板现在这举动就很有这种效果，刀势未停，顺着他无名指与中指的空当，又钻了进去。

我就瞧着崔老板一手攥着苹果，一把水果刀随着他的动作上下翻飞，每一次都准确地切入苹果里，然后变换位置，轻拢慢捻。我睁大眼睛，生怕错过了一点儿细节。崔老板这一手玩得真绝，也是真让人心惊胆战，这要有半点儿差池，那刀可就扎在肉上，血溅当场了。

不光是我，就连那三个小贼的眼睛也变得溜圆。我们四个人像是观众一样，一心一意看着崔老板，随着每一次水果刀的抛飞，把心提到嗓子眼儿，又随着每一次水果刀的切入，把震惊俩字儿刻在脑门子上。

随着乒的一声，水果刀落在了柜台上，刀锋犹在颤抖，嗡嗡作响。再瞧崔老板，他摊开两手，苹果已经变成了数十个方方正正的小块儿，安安静静地躺在他的手上。

崔老板走到三个小贼的面前，说："张嘴。"

还没等他们反应过来，崔老板往他们嘴里挨个儿送了一块苹果。

"贼不走空。"他说。

然后这三个小贼每人的屁股都挨了一脚，跌跌撞撞地逃出门外。

"泡面三块五。"

崔老板闷闷的声音响起，我这才反应过来。

他又恢复了老样子，靠着墙，往嘴里一块一块地丢着苹果，然后抬头看了我一眼，说："怎么，还等着我给你泡好啊？"

我赶紧问他："崔叔，怎么不报警啊？"

他笑了一下，说：“还是小孩儿呢，再说了，顶多关个几天，又得放了。这都是外地来的孩子，河北的河南的、四川的湖北的，有的是混日子自己过来，有的是爸妈在这儿打工，结果孩子放养没人管教，就学坏了。你指望着警察来解决问题？顶多教育几句，能稍微起点儿作用就算烧香拜佛了。所以我也不想难为他们，把东西吐出来，这事儿就算结了。”

我叹了一下：“您还挺心善，不过刚那手削苹果，确实见所未见，把那三个小贼都震住了，肯定以后不敢再来找麻烦。”

崔老板抬起眼皮瞅我一眼，说：“你以为我那是给仨小孩儿看的？之前门外站着的人你没瞅见？”

我赶紧扭头一看，外面黑乎乎的一片，哪儿有什么人影。

“甭看了，早走了。”崔叔摆摆手说，“这种小贼都是连串儿，有组织有规划，小孩儿负责动手，外面还有大人盯梢儿。这还好，咱俩大活人在店里，还都是男的。这要是搁着一姑娘发现他们偷东西，这大人就该出来动手，改明抢了。我刚刚就是让门口那位瞧见，崔某人不是那么容易对付的，不怕贼偷着，就怕贼惦记，记住我这家店，以后不许惦记。”

“嘿！您这是真牛！”我对着崔老板竖起大拇哥。

“对了，崔叔，我刚买泡面的时候都没发现他们偷东西，您这低头削苹果，是怎么察觉的？是不是就和我上次拿东西，您给猜着了一样？您是不是练过听声辨位？”

我兴冲冲地问道。

崔老板脸上的表情变得很古怪，两眼直勾勾地盯着我问道："你是真傻假傻啊？"

我咽口唾沫，有点儿尴尬。

他摇摇头，从柜台底下搬出来个小电视，拧上开关，把屏幕对着我。

我从里面瞅见了我的脸。

我真蠢，那是监视器。

第二天我把遇到小偷儿的事儿和同事们说了，有的人啧啧称奇，也有的不信，说崔老板就是一老实良民，能把刀玩得那么溜？崔老板一度成为所里的热点话题，但没一阵儿就被铺天盖地的案子淹没，很快就偃旗息鼓了。

秋天是北京最惬意的时候，太阳照在身上很暖，抬头就能瞧着白色的云和黄了的树叶，我经常能见崔老板拿着本书，靠在超市门口的躺椅上，一看就是一下午。但我就没有这种悠闲日子过，当事人动动嘴，律师跑断腿，更何况我这实习律师，谁抓着了都能使唤，一天到晚自东向西、自南向北，在北京城内画十字儿都是家常便饭。

十月二十四号，我刚在海淀做好结案，头儿突然给我打电话，说有材料落在所里了，他这急着要去办案子，让我赶紧去取。我心急火燎地坐车往律所赶，等噌噌上了楼敲门，结果没一个人在。

我一摸裤子，坏了，出来的时候钥匙忘在办公室里了！又开始挨个儿打电话，看有谁方便回来，结果不是开庭就是会见当事人，唯一一个有空的还在良乡！哎哟，给我急得，头发一根根奓起来，后脊梁上毛孔全轰开，从内到外泛热气儿，连小裤衩儿都汗湿了。

楼上楼下我来回乱窜，还给开锁公司打了电话，结果人家说一个小时后才能到，这下我半点儿辙都想不出，最后只能靠着楼道口生闷气。崔老板估计是瞧见我这猴急的模样了，把书从眼前拿开，问我："怎么了这是？上蹿下跳的。"

"进不去门！"我指着二楼说，"有材料没拿，眼瞅着就要办案子了，我这不是心急嘛！"

崔老板抬抬眼皮，望了一眼楼上，说："窗户没关啊！爬上去呗！"

"都什么时候了，崔叔您还有心开玩笑。"我皱着眉，汗珠子顺着脸哗哗地流。

"嗨，多大点儿事儿。"他扶着躺椅站了起来，然后绕着一楼走了走，最后指着一地儿对我说，"从这儿爬。"我一瞧，那一块儿的墙壁上架着楼房管道，差不多有胳膊粗细，但是除此之外就没有什么好下脚的区域了。

我说："崔叔，这材料要不就不拿了，这么上去确实有点儿危险。"

他摇摇头，没理我。

崔老板穿的是布鞋，他先是试探着用脚比画了一下，然后猛地双臂一攀，两只手就抓住了管子，两只脚交错着向上，用鞋底紧贴着管子，一起用力。

他的速度极快，只是那么十几秒就已经抱着水管爬到了三四米高的位置，在那儿有他家超市的广告牌，然后他左脚微探牌子的金属边缘，待踩实了以后，轻轻一荡，整个人就到了我们办公室的窗下，两手一伸，钩着窗沿儿进了屋里。

过了两三秒，他从办公室探出脑袋说："上来吧，我给你开门。"

动作一气呵成，潇洒自然，满满都是香港动作电影的即视感。

我上了楼，找到了材料，对崔老板千恩万谢，说晚上一定请他下馆子吃饭。他却只是晃了晃脑袋，背着手下楼又躺回他的椅子上。我三百里加急终于把头儿要的东西及时送到，避免了秋后问斩的结局，这一下精神全放松下来，我才突然想起崔老板，都五十的人了，怎么身手还这么好？

等再回去的时候，天色已经暗了。

我专程去小超市请崔老板赏脸吃个晚饭喝点儿小酒，大概他感觉到我确实诚心，犹豫了几秒钟，答应了下来。

他把灯关上，把超市的卷闸门拉下来锁好。我就近挑了个小馆子，点了四五样家常菜，两瓶牛二。我们夹了两口菜就开始推杯换盏，但是他像是没什么精神，话也不多。

我想干脆别没话找话，直接挑明了说："崔叔，今儿多谢您仗义相助，没想到您这身子骨比我这二十出头的小伙子还强。斗胆问一句，您当年是干吗的？"

崔老板端着酒杯，咂巴一口，说："终于忍不住打听了？"

我嘿嘿一笑，探过头小声问："您是不是警察？"

崔老板一听，本来半眯着的眼睛突然睁圆了。

"猜中了？"我连忙问。

"屁！"崔老板一边拿筷子敲得盘子叮当响，一边冷笑道，"我怎么可能是雷子！我是佛爷！"

啊？！我愣了。唇典里把偷儿叫作佛爷，取的是千手千眼的同义，闹半天这位爷不是警察，是个偷儿？

"求您赐教。"

我站起身，给崔老板敬了一杯酒。

崔老板的故事还是从八里庄开始的，他们家原来是八里庄灯具厂的，那厂早年间有个挺有名的玩意儿叫"紫外线灯"，《北京日报》还专门写过文章称赞说是"鸡窝里飞出了金凤凰"。他爸是厂里有名的技术工人，手工活儿一绝，按照土话形容，人家手指头的灵活程度简直是棉线上蹦跳蚤，什么精密细巧的活儿，到了他爸手里全能玩转。

也许是遗传基因起作用，崔老板从小手也很“神”。

他说自己的手有劲儿，而且快，比所有人都快。说到这儿，他顺手从桌子上拿了仨杯子，然后从兜里掏了个钢镚儿，唰一下用杯子把钢镚儿罩进去，然后来回变换，看得我眼花缭乱。然后他问我，钢镚儿在哪个杯子里，我随口猜了一个，结果他掀开三个，全都是空的。

我看得直发愣，他嘿嘿笑一下，左手张开，露出硬币来。

“无他，唯手快尔。”崔老板说。

崔老板的老娘去世得早，家里就剩下爷儿俩相依为命。但是有个挺关键的问题，这当爹的不知道怎么和儿子处理关系。

崔老板悠悠喝了口酒，说了一句话：“父子是仇敌。”

他爸脾气不好，要是儿子不听话，就直接拿起皮带抽，但是光抽没用啊！一开始抽，崔老板就哭，结果越哭越抽。到后来再长大一点儿，他就学会憋气了，行，你不是抽我吗，你抽我，我忍着！抽完我就跑，寥天野地，撒丫子跑。当时工厂的院子都知道他们一家，每次都是前面一个小孩儿闷头跑，后面孩子的爸拿着皮带闷头追。

再加上平时他爸要忙着上班，那时候学校里也一片糟，没什么正经上学的学生，所以确实是缺乏管教。崔老板借着这空当，在外面认识了不少朋友，就算百分之九十都是好人，可也不排除个别反动分子不是？

他的朋友里，就有几个“佛爷”，说起来还是无意间玩游戏，结果自己被这几个人发掘了潜力。为了测试手的快慢，佛爷们经常玩“搭房”，说起来也简单，就是拿纸壳搭起来叠高的造型，然后再依次从里面把纸壳抽出来，要求手又快又轻，还不能破坏平衡，让那搭起来的造型塌了。崔老板跟着玩了几次，都成功了，于是就有人怂恿着说，你这手不错，要不跟着干吧。几个人吆五喝六，这么一架，崔老板就上了贼船。

别说，他确实有天赋，不管是路上掏兜儿还是车上摸货，几乎都是手到擒来。手上的活儿不错，再加上崔老板胆大心细为人仗义，也渐渐起了声势。

崔老板半眯着眼睛，冷冷地对我说：“那个时候谁不知道崔佛爷？”

虽说名声渐响，但偏偏就有对头打上门来，指名道姓要崔佛爷出来相会，号称要把京城的规矩定下来，以后大路朝天各走一边，不许跨界。这话其实在理，佛爷之间也得划下道来，要不然你今天偷崇文，明天偷宣武，哪儿好掏兜儿你去哪儿，这让其他佛爷还怎么混?

崔老板说1977年年底的事儿，那时候他还没到二十，也是少年心性天不怕地不怕，既然你敢来叫嚣，小爷就给你把气焰打下去。东风吹战鼓擂，现在世界上究竟谁怕谁?不是人民怕美帝，而是美帝怕人民。你丫敢挑衅，我就把你这股尿火给灭喽!

约好时间地点，两边各带着人到了。

对面领头的人岁数也不大，撑死也就比崔老板大个两三岁，这位开始放话，说：“久闻崔佛爷大名，今儿来就是想比画一下，谁赢了，谁占好地头儿。”

崔老板问：“怎么个比法儿?”

那边说：“咱们来扎指吧。”

我问崔老板：“这扎指是个什么意思?”他说：“那天晚上我切苹果你见了吧?”我点点头，说：“那确实牛×。”他说：“其实和那个很像，你把手指头张开，放在案板上，然后一手拿刀，分别在指缝之间扎，按照一定的时间算，速度越快，扎的次数越多，就算赢。”

我听得眼睛发直，我说：“这一不留神，不就扎在手上了?”

崔老板不屑地说：“那也不能尿。”

“既然说好规矩了，就得接招儿，那时候也是浑球儿一个，为了显示英雄气概，还加了两个条件!”

我问：“什么条件?”

“第一个，蒙眼！”崔老板昂着头，从鼻子里挤出一声冷哼。

嚯！我猛吸一口凉气：“那第二个条件呢？”

“谁输了，谁切一根指头。”

这一下，我确实觉得后背一阵发寒。

“谁赢了？”我涩声问道。

崔老板嘴角挑起来：“这辈子没遇见过比我手快的人。”

我说：“这真够狠的。”

崔老板低着头，叹了一口气，说：“然后就麻烦了。”

灯光打在他花白的头发上，我看不见他的眉眼。

切了手指头的那人也是工厂子弟，他家里人找到了崔老板的爸，要讨一个说法。

“嘿，那一顿打的。”崔老板笑着说，“把我吊在院子里，当着那人爸妈的面儿，用钢头儿皮带抽我。我光着上身，下身就穿了个大裤头，天已经很冷了，皮带前段的金属头像是刀子一样，只是一下就能砸出个紫色的印儿来。”

“这和破了的伤口不一样，这是闷疼，疼得钻你心。”

“我爸是真的下了狠心。”崔老板说，“根本没省劲儿，怎么狠怎么打，一开始我还忍着不喊疼，到后来想喊疼的时候，只剩下喘气的力气了。我看着他的脸，他脸上没有表情，我突然觉得自己真的恨他！”

崔老板喝干了杯子里的酒。

“打到后来，我已经不会动了，这一下把那人的爹妈都吓坏了，他们怕我爸把我打死了，就嚷着把我放下来，我爸把我拖回屋里，又给对方赔了不少东西，这事儿才算暂时了结。”

崔老板说，那一顿打确实是伤筋动骨了，光是养伤就养了大半年。而且赶上 1978 年恢复高考，他爸督促着让他参加考试，彻底禁足。

“你猜我爸想一什么辙？”崔老板嘿嘿笑着让我猜。我摇头说：“不知道。”

崔老板说：“出门上班前，在我屋里搁好痰盂，让我拉屎撒尿都在屋里，然后给我卧室门外上一道铁锁，你说狠不狠？这下我是真没对策了，我们家那是在四楼，比爬你们办公室可困难多了。”

这下只得老实看书了，要是不看书，憋都能把人给憋坏了。

崔老板冲我眨眨眼，说：“但是就算考试，我也能拧着来。我爸一直想让我学理工科，但我知道自己几斤几两，不是那块料。所以他在的时候，我就假模假样拿着理工科的书复习，等他一走，我就开始看文科的书。真别说，我还看进去了，有时候到了晚上，我还把手电筒找出来，钻被窝里看。”

“我用了三个月复习，考上了！”崔老板说这话的时候十分得意。

“瞧瞧我们灯具厂，考上的有几个？我们崔家算是出了读书人！”

“我和我爸说，我考上了，但我考的是文科！”

“嘿，你真该看看他的表情，瞬息万变，惊喜到暴怒，再到后来……再到后来……”

崔老板的声音突然小了，他皱着眉说：“再到后来，我爸竟然掉了点儿泪花，对我说，考上了就好。”

我看着崔老板，他举着杯子，眉毛挤在一起，额头上显出深深的皱纹。

高考完就是鸟上青天，鱼归大海了，崔老板又开始重操旧业，说白了，就是又开始偷了。据崔老板介绍，之前大半年因为少了他这样的领头人物，抢地盘儿的更乱更糟，一点儿章法都没有。他这一出山，立刻风起云涌，一大批人追随而来。

人的名，树的影，崔佛爷这仨字儿，掉在地上都能砸个坑。

闹腾了有三四年呢，崔老板说，一直到20世纪80年代初。

这中间还发生了个小插曲，崔老板虽说没真往心里计较那家找上门来的父母，毕竟害得人家儿子丢了一根手指头，但要说就这么忍气吞声，他也不乐意。外面的事儿摆不平找爹妈出头算什么本事啊？所以他就老想着找机会再整一下那孙子。

那时候自家都还没洗澡间，所以洗澡都是去大澡堂子。崔老板就让人盯好梢儿，趁着那人去洗澡的工夫，跟着潜进去，开了闸分了锁，把那位的换洗衣服全给拎走了。

我笑着问：“崔叔，您这让我怎么说？那年代大学生可和我们现在的白菜价不一样，您怎么还净往这鸡鸣狗盗的路上拐弯啊？”

崔老板却没笑，他对我说：“不是我想偷，是忍不住不偷。”

他的表情很严肃，街旁车灯透过小店的玻璃投在他的脸上，显出斑驳的一片。

“有烟吗？”他问我。

我赶紧从兜里把中南海掏出来，给他递了一支，又凑上去把火点了。

崔老板深深地吸了一口，直到烟气在他的肺里兜了一大圈子，才重重地吐了出来。烟雾袅袅，混合着橘黄色的光线，他的脸都变得有些不真切了。

“我爸也知道我偷东西，所以我偷一次，他打一次。他问我，下次还敢不敢偷了？我不知道该怎么回答。这不是敢不敢，而是上瘾了，偷东西上瘾了。”

“偷东西是个很刺激的事情，那么多人在周围，偏偏你神不知鬼不觉地靠近目标，动作快准狠，和万军之中取上将首级是一个道理。而且真的得手以后，你还有种莫名的成就感与轻松感。”

“人们常说小时偷针长大偷金，还是有道理的，偷东西成了习惯就难治了。为什么大家都要说惯偷？就是因为这个东西沾上了，就不容易摆脱，和毒品有点儿像。我有这手能耐，大家捧我，我自己也扬扬自得。结果突然说不干了？你让我这脸面往哪儿搁？跟着我混的弟兄们怎么办？就算我想下来，也有人架着不让我下。”

“总之方方面面的原因吧，我一直没收手，直到 1983 年。”

“其实到那个时候，我亲自去掏兜儿的次数已经不多了。但是那一年我手底下新入了几个河北的，就有老人儿怂恿着说让我做个示范，也好震慑一下，让他们明白崔佛爷的名头不是白喊的。时间地点都是事先预定好的，我也瞄准目标，出手了。”

“但是这一次，捅祸捅炸了。”

“这是场局，专门为我设的局。我跟你提过的那人，就是切了手指头那人，本来我俩这仇就算揭过了，我偏偏自己找事儿，又顺了他换洗的衣服，让他被人笑话了。这口气一直憋在他心里，后来他找人做内应，撺掇我动手，他带着人亲自在动手的地方蹲守，我这刚开始摸，他就冲上来了。”

“人赃俱获。”

“1983 年正是严打的时候，偷几块钱都能死人。”

崔老板盯着我，他眼睛的神色我捉摸不透。

“他们没把我往局子里送，而是押着我到了我家。”

“那人跟我说，要么自己剁一根指头，要么给你往局子里送。”

“我说，我剁一根指头。那人说好，然后把刀递给了我。”

“不知道我爸从哪儿得到的消息，急急忙忙赶回来了。”

“人真的挺怪的，那几个人做局坑我，我一点儿不气。见了我爸，我反而急了，涨红着脸破口大骂，让他滚蛋，说这是我私事儿，我自个儿担着。”

“我爸没说话，他就是看着我，当年的他和我现在的岁数差不多，我记得他顶上的头发还是黑的，但两鬓全都白了。我骂他，但是很奇怪，他不还口，也没大嘴巴抽我。”

“他说儿子没管好，切我手指头吧，别切我儿子的。”

“没等我反应过来，他把刀夺过去，然后自己切了自己的小指。”

我瞧着崔老板的脸，他紧紧闭上了嘴，狠狠吸着烟，双颊没有因为喝酒变红，反而苍白起来。

“我傻了，确确实实傻了。”

“看着我爸手指流血，我喊：‘爸！’”

“他还是不答我，就是问押着我来的那几个人，这样行不行？”

“那几个人也愣了，答了几句就慌慌张张地跑了。我瞧着我爸，不知道说什么。”

“我爸咬着牙，手指头还滴滴答答地向下流血。他揽着我的肩膀，把额头靠在我的额头上，潮乎乎的，是他头上的汗，他疼。”

“我说，爸，我给你止血。”

“他死死按着，不让我动。他用脑门顶着我的额头，我能感觉到他头上沁出的汗珠子，热辣辣的，像火一样烫着我！”

“我爸看着我说，儿子，这根手指算我借你的，但是不用你还。”

崔老板瘦削的脸上没有太多的表情，他说他爸在厂里全靠这双手吃饭，别看只是切了小指，但十指相连，手已经不灵活了。

“后来我爸说，看来干活儿是干不好了，以后义务去街上抓小偷儿，可别逮着你！”

“我以为他就是这么一说，他这个人和我说话，严肃得很，再逗乐的话到他嘴里都能成新闻联播。”

“我没想到他是真去了，为了监督我，怕我再偷东西被人逮着。”

“1983 年年底，他抓一小偷，结果被贼的同伙儿从自行车上拽下来，后脑勺儿着地。”

“没救过来。”

“哎哟，真快！”崔老板闭着眼睛，像是在回想什么。

“你说这人怪不怪，当儿子的时候偏偏不理解老子，真的等自己模模糊糊理解的时候，自己竟然也成了老子。”

我握着酒杯，觉得手指捏得生疼，但是却放不开，崔老板说话的语气平平常常，但是我心里听着真难受。

“崔叔……”我看着他，觉得喉咙里的话硬生生卡住，说不出来，不是辛酸，是辛辣，呛得慌。像是一大口酒灌到嘴里，不光是喉咙，连鼻子和眼睛都烧，烧得人想流泪。

崔老板像是知道我要问什么，他笑笑，轻声说：“从那以后再没偷过。”

他和我碰了个杯。

“这世上再没有崔佛爷这个人。”

角儿

我家原来住在大院儿的筒子楼里，一层三户人家。那时候是住在二楼，我家和对门刘婷婷一家呈美苏对抗之势，正好对着门脸儿。楼层正中还孤零零地卡着一个单间儿，老吴就住在那里。

关于老吴，最开始我也所知不多，他全名是什么，我到现在也没弄明白，只是筒子楼里上到白发老太、下到开裆屁孩儿都这么喊他，所以我也就如此称呼。老吴在大院儿门口摆了一个修自行车的小摊儿，刀枪剑戟斧钺钩叉胎皮螺丝钢条板凳样样俱全。大夏天的，他这干瘪老头儿就穿一白背心儿，脚下踩着趿拉板儿，靠着阴凉地儿坐着。有人推车过来说胎破了，他就拿脸盆儿接上水，把车胎卸下来搁在盆儿里，等着咕嘟嘟冒泡找准破损的地方以后，刀削胎皮，贴胶粘好，全程不发一言。我骑车上学，有时候也会去老吴那儿修车。我发现他和其他修车的手艺人不一样，那些师傅因为老是摸胎碰油，手上总是乌黑，而老吴修车前修车后都要净手，也不嫌麻烦，所以他的手总是白的。

我瞅着老吴都六十奔七的年纪了还风吹日晒出门儿修车，而且孤身一人住着，逢年过节也没后辈子弟看望，心里觉得这个老头儿挺可怜的。

不过老吴好像并没觉得有多苦，整天乐乐呵呵，还给自个儿起了个诨号——京城神经病。

老吴绝对没有愧对自己的诨号，这在筒子楼上上下下的住户里已经达成了共识。老头儿确实有语不惊人死不休的潜质，疯疯癫癫口无遮拦，对门刘婷婷一家就饱受其害。

刘婷婷她爸妈经常因为点儿小事儿就闹得筒子楼里鸡犬不宁。有一次大概又是吵架了，刘婷婷的妈在后面追，刘婷婷的爸在前面跑，满楼道乱窜。我扒着防盗门偷瞄，老吴也从家里搬了一个小板凳，倚着门坐着，手里拿着蚕豆，瞅一眼往嘴里丢一颗，跟看戏似的。

“你行啊！说是出门应酬，那送你回来的女的又是怎么回事儿？”刘婷婷的妈大概是追累了，一边喘气儿一边喊。

“你倒是解释给我听啊！在外面小嘴叭叭叭跟八哥似的，够能耐啊！朝韩谈判派你去得了呗！怎么一回来就不说话了？”

“什么东西，三棍子都打不出个屁来！”

刘婷婷的妈叉着腰，嘴里像机关枪一样向外喷词儿。

“婷婷的妈，先打住。”老吴这时候慢悠悠地站起身来，“这事儿确实不怪老刘。”

刘婷婷的爸拿感激的眼光看着老吴，颇有一点儿高山流水遇知音、荆轲遇见高渐离的感觉。

老吴摇头晃脑地说：“你让他放屁，老刘倒是想配合，可他放得出来吗？他没战略储备啊！”

“俗话说得好，一个豆子一个屁，十个豆子一台戏。”

“老刘，这些豆子我请你吃，保准你能放出屁来。”

老吴把蚕豆往刘婷婷的爸手里一塞，摆出一副别和我客气的表情。

刘婷婷的妈，脸上青红交错，手指头哆哆嗦嗦地点着刘婷婷的爸，对他说：“长出息了啊！有帮手了啊！你吃！看你能放出屁来不能？！”

老刘同志的头摇得像拨浪鼓似的，嘴里连连说：“放不出放不出，确实放不出。”

还有一次，刘婷婷的爷爷从天津过来看他们一家。老吴不知道从哪儿打听到的消息，知道刘婷婷的爷爷是天津泰达的老球迷，于是老吴那天连摊儿都没出，早早地埋伏在自己门后，虚掩着，静待刘婷婷的爷爷上钩。

等老爷子到了刘婷婷家门口，刚准备啷啷敲门，老吴推门从自己屋里探出个脑袋。

他看着刘婷婷的爷爷，嘴里悠悠地说了一句："国安是冠军。"然后砰地把门关上。

屋内传来老吴的一阵狂笑。

刘婷婷的爷爷气得浑身都开始哆嗦，站在老吴门口疯狂咆哮。

"萨比！国安是个大萨比！"

除了刘婷婷一家，筒子楼的住户也被老吴祸害得不轻。

别人下楼遛鸟，把鸟笼挂树上，老吴跑去把笼子打开。俩老头儿下棋，老吴偷偷摸摸走过去，假模假样做观看状，待两军交战厮杀正酣，老吴一伸手把棋盘掀了。辛辛苦苦下半天，一掌回到解放前。老吴拔腿就跑，后面俩老头儿抬腿就追，仨人跑得比二十多岁小伙子还快。

每当这时候，总有一群老太太拿幽怨伤感的眼神瞅着老吴。

像是我妈得知周润发结婚。

像是我姐目睹基努发福。

像是我听闻米勒出柜。

老吴不是从来就如此疯癫。

老吴更不是从业几十年的自行车修理专家。

老吴是角儿，京剧名角儿。

筒子楼里的老太太们讲这话的时候，满满是对曾经的男神的憧憬和向往。

因为旧城改造和老吴一起搬到这儿的老太太说，自己和老吴已经做了几十年的街坊，对他知根知底。四九城内的京剧名角儿不少，老吴不是最出色的，但在那年头儿也是多少纯情少女心中的白袍小将。虽说不是周润发，但好歹也能算是个刘德华。身手好，短打武生的漂、率、脆都具备，但更多的还是走长靠武生。这一类武生，不仅功夫底子好，而且有大将风范，有气魄，有工架，唱念武样样俱佳。老吴当年演《长坂坡》里的赵云，糜夫人投井时，赵云有一段戏，是去抓糜夫人的衣服。也就是赵云要踩到代表井的椅子上向后翻一个类似后空翻的跟头，表示赵云只抓住了糜夫人的外衣，而自己却从井台上滑跌下来。老吴那跟头翻得，干净漂亮、白袍翩翩，京剧术语里把这叫作“倒扎虎”，呼呼都能听见风声响，待老吴立定站下，全场掌声雷动。

老太太说着，眼里红心乱冒。

而且老吴不光是台上有本事，台下也有真功夫。

老太太这话倒腾的年代就有点儿远了。

“文革”的时候，老吴由于跟不上革命形势变化，不积极参与样板戏的创作及演出，另外自己也是封建文化典型代表，只能赋闲在家，陪陪老婆孩子。

有一天晚上，他抱着自己闺女和几个街坊一起在门口纳凉。正聊着天儿呢，突然听见胡同口丁零当啷一阵响，头前窜进来三辆自行车，十来辆自行车紧随其后，看情形是前面逃后面追。

老吴他们知道，这是遇到碴架的了。

眨眼间，前面三人就被追上了。

先是一个被砖头砸中脑袋，从车上摔了下来。还有俩被左右围住，直接被揪着衣服，仰面倒在地上。有一个爬起来想跑，跌跌撞撞朝着老吴他们的方向冲过来。

后面带头的拿锁自行车的钢锁直接一下闷在那人的后脑勺儿上，当时血就冒出来了。

跑着的人"扑通"一声摔倒在老吴和他闺女面前，把小姑娘吓得哇哇直哭。

赶上来的几个人还不依不饶，拿着钢锁和武装带劈头盖脸地抽。

那时候天下大乱，这种事儿挺常见的，老吴他们也见怪不怪。但是眼瞅着地上的人都不会动弹了，周围的人还在动手。老吴看不惯，就说了句："差不多得了。"

这一句话就点了炮仗。

领头的嘿嘿一声笑，走到老吴面前说："关你什么事儿啊？在我这儿充大爷！不知道这一片儿我震哪儿？"

老吴退后两步，仔仔细细上下打量了一下领头的，然后摇摇脑袋说："确实不知道您是哪路高人。"

周围年轻点儿的街坊赶紧过来拉着老吴，说："这是一老炮儿，进过局子的，今儿可不是普通小年轻闹着玩儿，这是有案子在手里的主儿，咱们犯不上和他们一般见识，少说两句得了。"

这边老吴还没说话呢，那边的老炮儿倒是冲上来给说话的人推一大跟头。

"少废话，有胆子放屁，没胆子接茬儿啊？！"

"我今儿就把他打死在这儿，你有能耐管吗？"

老吴悄悄把闺女推进门里，然后从门口拿了晾衣服的竹竿，握在手里，低声说："要不我管管？"

这举动惹得老炮儿一阵大笑。

"拿着一破晾衣竿子，能把我废了？"

话还没说完，老吴手里的竹竿直接拍在领头老炮儿的头上。

和我说话的老太太一边拿手比画着，一边感叹地说："三指粗细的竹竿啊，最前头那一截儿竹竿都炸开了，你想想那力气该有多大？！当时周围的街坊都惊呆了，都没人看清老吴的动作，对面的人就倒地爬不起来了，其他人一看带头儿的倒了，也顾不上再上来找事儿，把人架起来全开溜了。"

我点点头说："对，双拳不敌四手，先把挑事儿的打趴了，后面自然树倒猢狲散。没想到老吴当年这么牛 × 啊，这要搁在现在，不拍成电影都对不起他。”

老太太哼了一声说：“这场架还不如不打呢，后面就出事儿了。”

风声愈紧，形势愈糟。老吴也开始接受组织批评，最初是做检讨，然后是被带到当年演出的剧院和场子里做现场批判，再到后来，老吴家里被抄了，当年收来的旧书被烧了，珍藏的几件戏袍也没了。老吴自己隔三岔五就被拽出去公审。原来挺精神一人，也被折腾得人不像人鬼不像鬼。

那时候革命小将专门给老吴做了一个牌子。铁牌，外面刷着黑漆，像黑板一样，旁边还拴着小板擦，这样每次都能在上面写上新的批判词儿。这铁牌两头拿细铁丝儿拴着，然后挂在老吴脖子上。因为牌子太重，铁丝都嵌在肉里，血肉模糊。

老太太说，你要是现在去看老吴的脖子，还能看到那伤口。一圈黑，陷进肉里，因为伤口都坏死，长不好了。

出事儿的那天是周五，老吴前两天刚被折腾得一身伤，结果又来人要把他抓走。他老婆哭着跑过来抱着他不让走，红卫兵们怎么撵都撵不走，结果小将们直接把她拖到椅子上，拿绳子绑起来，免得她再哭闹。老吴的闺女迈着小步子踉踉跄跄跟在后面，老吴赶紧对她说，丫头你先回家，有我在呢，没事儿。革命小将把他女儿也给堵回屋里。小孩儿不好管，总是往外跑，于是他们想了个昏招，干脆把老吴的老婆、闺女全都反锁在屋子里，外面还拿铁丝儿绕了一圈。

老吴中午被带走，到晚上还没回来，说是那边还准备点灯彻夜批判。

直到老吴的街坊急急忙忙赶过来说出事儿了，老吴这才脱身。他也顾不得问到底怎么了，只是昏头昏脑地跟着报信儿的人往家赶。

回去一看，家已经没了。

残瓦焦土，黑烟滚滚。

老吴问周围的街坊，人呢。

老太太说，当时老吴整个人都蒙了，脸上什么表情都没有。

周围街坊告诉他，发现着火的时候已经晚了。门都是锁着的，人跑不出去，一大一小都在里面。

老吴一个人站在原来自家小院儿门口，失魂落魄，最后大叫一声，不省人事。

讲到这儿，老太太低声和我说，听说那火是老吴收拾过的老炮儿翻墙进去放的。

自此以后，我见着老吴，心里的感觉总有点儿复杂。

老太太说的事儿，我不知真假，不过我注意到他脖子后面的确是有一圈黑色的疤痕，像是已经干透了的污血。

那会儿我正看武侠小说，搜罗各种故事，这下就碰到一个奇人，可算是撞在我好奇心的枪口上了。所以没事儿我就喜欢跑他那修自行车的小摊儿上晃悠，聊一聊。

我没敢当面问老吴“文革”时候的事儿，就只是旁敲侧击地打听他唱戏的经历。

我问他：“老吴，你原来是唱京剧的？”

老吴哼哼两声，我估摸着这意思就是没否认。

我又问：“老吴，那你最喜欢唱哪段儿京剧？”

老吴吭哧吭哧修着他的车胎，埋头对我说：“最喜欢的也说不上来，不过唱得最多的是《挑滑车》。”

我接着问：“老吴老吴，当年京剧真的那么火吗？”

老吴抬头，斜眼瞅着我，然后说：“你们现在年轻人看个连续剧，聊聊剧情，谁又和谁闹绯闻了。我们那时候也是，今天这个角儿说了什么话，明天那个角儿又喜欢了哪个姑娘，大家也热衷，其实都是一样，当年绝对火，火到你无法想象。”

“你以为唱京剧就是咿咿呀呀？梅、程、尚几位大师都排过现代戏，杨宝忠还穿着西装拉小提琴。可是后来呢？后来的事儿，我就不想提了，以后你也别问我京剧火不火。时代变了，总有东西被淘汰。可是把一好好的物件丢粪坑里泡上几十年，拿小锤子敲碎喽，再举着其中一块到你面前说这是国粹。这不是纯粹来恶心人么！”

“不是它不火了，是被人拿尿浇灭了。”

“这帮孙子！”

我一看老吴有点儿激动，赶紧换一个话题，我问他：“都说戏如人生，老吴你唱戏这么多年，也这么一把年纪了，你回顾一下过去，再展望一下未来，何不总结一下人生哲理，送我一两句年轻人寄语呗。”

老吴放下车胎对我说：“你看过《大宅门》没？那里面有句歌词唱得很好，‘平生多磨砺，男儿自横行，站住了是个人！’我今天就把这话送给你吧。”

听了老吴的话，我简直热泪盈眶，这才是我心目中真正的高人形象啊！简简单单一句话，就展示出了做人威武不能屈的精神。

我正回味着，就看到远远走来好几个壮小伙儿。之前补车胎的人过来要取车，老吴说还没修好。那来的几个小伙子不干了：“之前说好了今儿中午来取，答应得好好的，临时变卦算什么事儿！”说话间就看见这几个年轻壮汉掳袖子紧腰带，颇有点儿今儿要是不给个说法，就把摊子掀了的气势。

说实话，我瞧见这一幕，反而有点儿兴奋。我一直记得老太太讲的老吴用一根晾衣竿就把老炮儿打得满脸血的剧情。难道今天这波澜壮阔的一幕又要上演了吗?

我想得正美，老吴却扑通一声跪下了。

他朝那几个取车的小伙儿说："我今儿中午就算不吃饭也给你们把车补好，如果这样你们还是不解气，打我一顿都行。"

这一下反倒把那几个小伙儿弄蒙了，赶紧把老吴扶起来说："大爷您快起来吧，我们也不急这一会儿。您老人家慢慢修，什么时候修好了，我们什么时候再取。"

我在一旁都看傻了！

说好的都市奇人呢！说好的拿竹竿打人呢！说好的威武不能屈呢！你玩儿我呢，你这跪得也太熟练了吧，连技能冷却都不用等。

等那几个小伙子走了，我痛心疾首地说："老吴，男儿膝下有黄金啊！你都这个岁数了，得要点儿尊严啊！"

老吴翻着白眼对我说："哦，合着你的意思，我得和他们较劲呗。那几个人要是揍我，你帮我挡着啊！"

我悲愤地望着他："你大爷的，你不是才说站住了是个人吗！你这直接跪下还算人吗？！"

老吴冷静开口："汪汪汪……"

我……

由于老吴的高人形象在我心中彻底坍塌，我再也不想把好奇心放这糟老头儿身上了。

我把注意力转移到了另一个人身上。

那时候我正是十几岁的年纪，全身上下每个细胞都充斥着对异性的渴望。如果说我是刚刚长开的嫩苗，那刘婷婷就是已经彻底绽放的花儿，该凸的地方凸，该翘的地方翘。我这辈子只有两回看女人眼睛发直，一回是在电视里看水冰月变身，还一回就是看刘婷婷。

只不过那时候刘婷婷已经是二十几的大姑娘了，对我这种屁大的小孩儿，那是压根儿不拿正眼瞧的。而且她有男朋友，我也见过那人，个头儿很高，也很壮，当然我不喜欢这男的。我原来听朋友提起过他，是在外面混过社会的人，乱七八糟的事儿不少，所以我老觉得他配不上刘婷婷。

老吴好像也不太喜欢他。

有一次刘婷婷的男朋友前脚刚走，老吴后脚就扭脸对我说：“嘿，你瞧刘婷婷那男朋友找的，这脸这模样，我这年纪都得管他叫大哥。要是手榴弹一分钱一个，我非扔他身上一万块钱的。”

这话说得正好挠到我心里的痒痒了，我简直想握住老吴的手说一句：“同志，我可算是找到组织了。”老吴虽说不再是我心目中的绝世高人了，但就冲着他在刘婷婷问题上与我保持高度一致，我决定还是和他保持友谊。

只不过没过几分钟，老吴就颠颠儿地跑刘婷婷家门口，往里喊：“婷婷啊，对门那傻小子其实也喜欢你啊。他说你眼光实在太差了，挺机灵一姑娘就是分不清好赖，你瞧你那男朋友长的，不至于这种歪瓜裂枣就能让你载歌载舞吧？”

我听见门口老吴的话，气冲冲就准备开门找他算账。老吴冲我做个鬼脸儿，脚底抹油赶紧溜进屋里。我打开门，看着同时出来的刘婷婷，脸唰就红了，嘴里吞吞吐吐说不出话来，只是愣在那儿。刘婷婷冷着脸，砰地把门关上。

当时我这颗心，像寒冬腊月穿着小三角绕后海裸奔似的。

对于造成这一切的罪魁祸首老吴，我自然也是愤恨交加，后来我骑车经过他的修车摊干脆不搭理他，眼不见心为净。

又过了一段时间，我听说刘婷婷和她男朋友分手了。

大概是九月底的一天，刘婷婷的爷爷突发心梗，她爸妈都赶去天津照顾老人，就剩刘婷婷一人儿在家。我是白天知道的，当时我家里还去帮着拿了东西，送到车站。

等那天晚上回来，我就看见刘婷婷和她前男友站她家门口拉拉扯扯的。

一开始我心里还觉得挺别扭，自家亲人出事儿了不说着急，谈情说爱倒是急不可耐。

但是顺着楼梯往上又走了几步，我闻到挺浓一股酒味儿。

我当时没多想，开门进了屋。但是没过两分钟，就听见门外吵架的声音。

那时候家里还是两道门，一道木门，一道带铁纱铁皮的防盗门。我就偷摸把木门开了，隔着防盗门看外面的状况。

第一眼就把我吓得心惊肉跳。

刘婷婷那前男友攥着刘婷婷的头发，都快把刘婷婷整个人提起来了，嘴里还不干不净地骂道："给你脸了是不是？跟我这儿玩拜拜？"

"钥匙放哪儿了？开门！"说着他就要掏刘婷婷的兜儿。

刘婷婷哭着说不开，挣扎着让他撒手。

那男的直接把刘婷婷的头摁在她家的防盗门上，咣的一声响，我看着都觉得疼。

楼上的大妈估摸着是听见声音了，开门下来看，就看见刘婷婷前男友扭过脸，指着楼梯说："看你妈了个 ×！再看我打死你信不信！"

我看见他满脸通红，眼珠子都是血色，肯定是喝了不少酒。我心里也急，但是自己确实㞞，我爸妈都不在家，对面那位大哥接近一米九的个儿，我这冲出去也是三两下就被打趴下了。

正心急如焚，中间那小门吱呀开了。

老吴背着手走出来。

我一看更急了，老头儿这张碎嘴就别再找麻烦了，一大把年纪打又打不过。我朝着他低声喊了两句，老吴却像是没听见一样，径直走到刘婷婷和她前男友面前。

“小伙子，有什么事儿不能好好说啊！大晚上闹腾得楼上楼下都知道了。”

老吴慢慢悠悠地说。

“少你妈废话。”那男的直接一推老吴。

老吴噔噔噔朝后退了好几步，扶着门框才没坐一个屁股蹲儿，但终于还是站稳了。

“老吴！”刘婷婷怕老头儿真出事儿，哭着喊了一嗓子。

“让你废话了吗？”又是啪啪两巴掌，我看着刘婷婷嘴角都出血了。

我看着老吴哆哆嗦嗦从自己门后拿出个塑料的晾衣竿，瘦得像柴火棒似的胳膊颤抖着抬起来，指着刘婷婷前男友，嘴里说道：“撒手。”

我这心揪的，老吴你是真把自己当能耐人了？就算老太太们说的是真的，你练过，可你都这岁数了，拿着个破晾衣竿，能怎么的？拳怕少壮，你还能打赢那人高马大的壮小伙儿？

实在是来不及了，我拧开门锁就准备往外冲。

没想到老吴比我更快。

杀人刀剑枪，打人眼喉裆。

老吴的手一抖，手里的晾衣竿像蛇一样钻到对面那人裆下，砰的一声闷响，本来还站着的大老爷们双膝一软就跪在了地上。紧接着又是一下，直接打在喉咙上，那声音听上去像是拿门缝夹碎了核桃，当时人连话都说不出来了。本来抓着刘婷婷的手，也松开了，就看见他捂着自己的裆，满脸血红转成紫色，半侧着身子躺在地上。

“滚吧。”

老吴瘦小干瘪的身子，像是捏开晒干的花生壳，在灯光下却被拉长得像是一杆枪。

刘婷婷的前男友挣扎着站起来，太阳穴边上的血管突突地抖动着，像是蚯蚓一样。

老吴抬起手，向前一步，像是要再来一下狠的。

刘婷婷的前男友向后退缩了几步，喘着粗气，终于转身下了楼。

“丫头，回家去吧。有我在呢，别怕，我给你守着门。”

老吴把哭哭啼啼的刘婷婷送回了家，然后自己从屋里搬出一个小板凳，正好背靠着刘婷婷家的房门。

“小王八蛋看什么看，关门睡觉！”

老吴突然吼了我一声，吓得我慌忙关门，抱头鼠窜。

那一晚，我辗转反侧，无数次下床贴着卧室门想听听外面会不会传来什么声响。

然而一如既往地安静。

安静得像是那些故事都发生在昨天。

筒子楼后来拆了，我们家搬到了另一个小区，刘婷婷和老吴他们也搬到了其他地方，原来的老邻居老街坊都几乎没有再联系。

直到今年初，我在北大西门碰到了刘婷婷。

好几年过去了，她已经嫁人还生了孩子。我也活脱脱从小正太进化成胡子拉碴的猥琐青年。我喊了她一声，她还没有第一时间认出我来，直到又说了几句，她才终于露出惊讶的表情。

我们聊了挺多，包括之后的去向以及两家现在的近况。

无意中我问老吴怎么样了。

刘婷婷说，老吴到了新小区，还是住在刘婷婷家隔壁。

他去年走了，刘婷婷和她爸妈帮着送了葬。老头儿挺逗的，死的时候安安静静，手里还攥着他那根晾衣竿子。

听着她的话，我脑子里乱糟糟的。

我始终没告诉刘婷婷，那一晚老吴真的守了她一夜。我出门上早自习的时候，老吴还坐在刘婷婷家门口，穿着白色短褂、黑色裤子，脚下踩着布鞋，手里拿着晾衣竿子，闭着眼睛。

鼾声如雷，呼声如鼓。

头虽歪，肩不垮。

臂虽松，手不撒。

直到我走近几步，他猛然睁眼。

发现是我，老吴伸个懒腰冲我笑笑，一手拎着板凳，一手提着晾衣竿子，晃晃悠悠，嘴里哼了两句戏词儿，关门进了自家屋内。

那是我第一次也是唯一一次听到老吴唱京剧。

刘婷婷问我："说着话呢，怎么突然发起愣来了？"

我摇摇头，没言语。

都说人生如戏，全靠演技。

老吴究竟是谁？是那个风流倜傥的台上戏子？是那个疯疯癫癫口出狂言的疯子？是那个丧妻丧子的可怜人？是前脚说站直喽，后脚就扑通跪下的丧家犬？是那个守候一夜的白发人？

我不知真假。

我只知道，老吴确实是个角儿。这场人生大戏，他演得精彩。

车水马龙，飞扬尘土，霓虹闪烁，人声鼎沸，此刻都消失了。我好像看见一个人穿着白衣白袍，踩着厚底皂靴粉墨登场。

《挑滑车》我专门找出来听了很多遍，却只记住了一句，老吴唱的那句：

看前面黑洞洞，定是那贼巢穴，待俺赶上前去，杀他个干干净净！

西行记

我发现赵老板的酒吧的时候，正值失恋。

那几天浑浑噩噩，满北京转悠，大概是走到后海某个犄角旮旯，看到个灯光昏暗门半开半闭的酒吧，听见里面一个姑娘唱李志的《梵高先生》，于是就一头扎了进去。

说是酒吧，其实就是改造过的二手民宅，一个长桌子就是吧台，挨着吧台有几张高脚椅子，周围摆一圈小桌子，中间是个垒起来的小台子，上面几个人瞎弹乱敲，然后一个姑娘拿着麦闭着眼唱。

全场把我和工作人员算上，不超过三十个人。

我靠着吧台，要了一杯朗姆可乐。

身边一男一女在聊天儿。男的长发，大晚上光线不好还戴墨镜，白色衬衣配小领带。女的深灰牛仔裤、长筒靴，松松散散的俩麻花辫。男的说，我从歌声里听到了孤独。女的说，是，一种深邃到旷野里的寂寞，李志的歌一定是极好的。男的继续说，我觉得李志的歌就应该在这种小酒吧里听才有味道，一旦有了什么演唱会就失去了原来的滋味。女的最后总结说，没错，只有小众的才是最好的，我不希望别人来分享我的愉悦与孤独。

听着他们说话，我那杯朗姆可乐喝起来都一个劲儿泛酸。

台上的姑娘唱：谁的父亲死了。

台下两人一脸痛苦的样子。

我多想把心中不满怒吼着喷射给他俩一嘴的正能量，只可惜站在吧台里调酒的男人抢先了一步。

我悄悄向他竖起大拇指，他冲我笑笑，浑然不理喝酒的俩文艺货面色骤变，之前是死了爹，现在估计是连娘都死了。只可惜文艺货向来只擅嘴仗，动起手来肯定不行，戴着墨镜的爷们儿嘟囔几句，之后牵着身旁文艺妞的手蹿了出去，不知道又要去哪一个廉价的小旅馆里进行体液的交换。

“您这和老板多大仇？直接把客人都呲儿走了，到时候追究起来扣工资。”我说。

“我就是老板。”他说。

“得，当我没说。”我低头喝酒。

老板点点桌子上贴着的一张纸说：“夏天有优惠，一口气喝完三杯豆汁儿，全场消费九折。”

我抬头看他，说实话，我从没见过哪家酒吧用这种方式促销的。

没等我决定好到底要不要接受这个挑战，老板又说："你还是别喝了，我这再过一会儿就打烊了。"

我掏手机看了一眼，才刚刚十点半。

我问老板："一般酒吧不都是到这个钟点儿生意最好吗，你这怎么就要关门儿了啊？"

老板说："我得接我媳妇儿，她是舞蹈老师，晚上带学生补课，这时候也该下班了。"

等我这杯酒喝完，老板就开始慢慢往外轰人了。台上演出的伴奏和唱歌的姑娘也下来收拾东西。我还是思想觉悟不高，就光瞅着那唱歌的漂亮姑娘了，人长得确实不错，二十六七的年纪，穿一黑色 T 恤、牛仔裤。

我结了账，和老板一起出门，老板临走前交代店里锁好门，然后还和我说了两句"有空过来坐坐"。这时候的老板已经换了那身调酒师的打扮，现在的造型是白色背心、大裤衩儿，脚下踩着趿拉板儿，骑在他的大摩托上，风驰电掣，俨然后海一道风景线。

等我第二次去那家酒吧的时候，调酒师换成了那天演唱的姑娘，老板抱着吉他坐在小台子上唱郑钧的《灰姑娘》。

"老板还会这一手？"我问那姑娘。

调酒的姑娘一脸自豪地说："那必须啊，我们老板原来可是乐队出身，就是没混出什么名堂来。”

后半句声音逐渐转小。

“但是依然很帅。”

这一句声音逐渐转大。

“可惜就是结婚了。”

声音再次逐渐转小。

我和姑娘瞎聊，知道老板姓赵，石家庄人士，在姑娘口中，赵老板俨然成为一代传奇式的吟游诗人，在民心河畔独自歌唱，工业废气和三十年后崩塌的大厦成为他创作的土壤，虽然也在烧饼摊和串儿店流连忘返，但终归拥有一颗赤诚的滚烫的摇滚心。

我问姑娘：“你呢，怎么想着到这酒吧来唱歌了？”

姑娘说她和赵老板是校友，当年她大一，他大四，在学校举办乐队表演上，一眼看到赵老板，姑娘顿时惊为天人。我听她这么说，扭头看了看小肚腩明显、一脸胡楂儿的赵老板，实在不忍心和姑娘嘴里风华绝代人见人爱花见花开车见车爆胎的乐队主唱联系在一起。

姑娘自己是乌鲁木齐人，毕业后不想回家，就留在北京闯荡，平时做点儿插画设计之类的。她从上学那会儿就到赵老板的酒吧里做主唱，到现在也有很长时间了，她自己说主要不是图钱，关键是要享受这种和当年风云人物一起工作的快乐。她和我说了她的名字，李小卉。

说实话，我挺喜欢到这个酒吧里来。从六月底一直到八月份的大部分晚上都在这里消磨。

因为赵老板的酒吧经常搞一些稀奇古怪的活动，一口气喝完三杯豆汁儿都是小事儿，谁要是能吃完他独创的蚯蚓料理，今晚个人的酒单消费全免，金鸡独立吹完一瓶燕京，啤酒消费七折。

有一次弄了一个西瓜大赛，说是全场谁吃的西瓜最多，今晚的酒水消费不花钱。

就看见酒吧门口摆了一溜小桌子，二十来号人齐斩斩地站定。桌子上摆着西瓜，一片西瓜四五两，真正的薄皮脆沙瓤。一声令下，大家埋头苦吃。那天获胜的顾客一个人就吃了俩大西瓜。赵老板走到优胜者面前说："兄弟，你今儿晚上的酒单我全免了。"那位仁兄一边打嗝一边说："我，我还喝得下吗？"

大概我和赵老板他们就是在这种古怪的氛围里熟悉起来的。我还给李小卉留了电话，说要是有什么好的优惠，记得联系我。

赵老板的夫人我也见过几次，是个美人，细腰丰臀大长腿，虽然说话见谁都带着笑，但是和周围人似乎都不熟稔，她总是来去匆匆，坐在赵老板的摩托后面，长发飘飘。

李小卉说赵老板和他夫人是青梅竹马，两人都在石家庄长大，都在北京上学，之后毕业工作结婚。说的时候，一脸的羡慕。

我问李小卉："你不会是暗恋赵老板吧？怎么老觉得你看他，跟发花痴似的。"

李小卉啐我，说："呸呸呸，你再挑这个话题我和你急啊！赵老板和他夫人感情好着呢，我和你说啊，我听赵老板说，他原来还在石家庄的时候，他夫人喜欢喝牛奶，他就天天骑着自行车，车把手上挂着俩铁皮桶，去厂里打新鲜牛奶，风吹雨打春秋冬夏，雷打不动。你说，这么好的感情，我忍心去破坏？我要找，就要找一个有钱有车有房的，你看赵老板这行吗？这酒吧亏本两三年了，车就一辆破摩托，房子就这么个烂酒吧，他和他媳妇儿都是租房过日子，你说我看得上他？"

我点点头说："嗯嗯，确实条件差点儿，有钱有车有房，不是已婚就是流氓，你得好好挑挑。"

李小卉拿鼻子哼了一声，说："所以我对赵老板完全是崇拜和敬仰，懂吗？"

说这句话的时候，她满面春光，满脸羞涩。

从九月份开始，因为自己的事情比较忙，我去赵老板酒吧的时间也少了一些，有时候是隔了两三个星期才去一次。九月底，后海酒吧街举办了一次喝啤酒大赛，就是大大小小每个酒吧出一个人，看谁啤酒喝得最多。

那天我也去看热闹，赵老板他们酒吧派出的选手是李小卉，这让我觉得有点儿惊讶，因为我从来没见她喝过酒。

出场前，我和李小卉还有他们酒吧的客人聚在一起聊天儿扯淡，说了一会儿，我发现赵老板没来，就问李小卉，李小卉却只是阴着脸不说话，这也弄得我心里跟蒙了一层雾似的。

比赛开始，李小卉仰着脖子咕咚咕咚地喝起来，我看到黄澄澄的啤酒顺着她白腻的脖子一滴一滴地滑下来，觉得这个画面真是漂亮极了。只不过一杯接着一杯，她很长的细眉也皱了起来，像是打了团的两条墨线。到最后就看到她的喉咙不停地抖，大概是难受极了，却还是勉强自己喝下去。

大概喝了十杯，李小卉实在坚持不住了，一条斜线一样地走到后海边上的树下，扶着树干一阵干呕，酒吧里的几个人赶紧跑过去问她怎么样。李小卉摆摆手，说没事儿，时间还没到呢，她还能再喝。之后又歪歪倒倒地走回比赛的桌子前，拿起杯子往嘴里灌。

我觉得她这状态有点儿不对劲儿，就问旁边也在酒吧工作的小伙儿："李小卉今儿是怎么了？怎么感觉她是憋着劲儿要把自己灌醉似的，这也就比个赛而已，至于搞成这样？"

"心里不舒服呗。"

"前两天赵哥和我们说，要把酒吧关了。别说是李小卉了，我心里都不舒服。"在酒吧工作的小伙儿这么解释道。

"啊？不会吧，之前不还开得好好的吗？"我问道。

小伙儿冷笑一下，说：“老板娘说要关，谁知道呢。”

喝啤酒大赛还没结束，李小卉就坚持不住了，被人架着扶进了酒吧里。

我站在银锭桥上，天色昏暗一片，远远地看不见西山，水中的荷花三三两两，叶子已残。

赵老板的酒吧开始正式歇业，我有的时候去后海转悠，只能看到大门紧闭。

我一度以为酒吧或许就这么关门大吉了吧，为此还感觉到丁点儿遗憾。

十月末的晚上，我陪着几个喝大了的朋友在什刹海晃悠。秋天的北京，走在路上，凉风飕飕地灌进衣领里，不过对于喝酒的人来说倒是很爽快。风似乎带着股异样的味道，虽然糟糕，但是诱人，混合着万家灯火和汽车的尾气，橘黄的灯光洒满了脚下。夜色绝对不斑斓，反而带着些单纯，车尾灯像是一个个烧着的火把，在眼睛里留下模糊的痕迹。

北京的酒吧给我的感觉不同于任何地方，大概这就是一个城市的特质吧。

靡靡虽有，但是绝对不是这座城市的主题。沉默、孤独、伟大，其实还带着点儿难言的悲壮。

几个同行的朋友被风吹得有点儿受不了，打车回家了。

我却下意识地走到了后海。

很让我惊喜的是，赵老板的酒吧竟然开门了，依然昏暗却温暖的光，就这么透过门扉撞在我的身上。我进了酒吧，没几个人，毕竟大冷天儿的大家也都不愿意在外面待着，不如自己被窝暖暖和和。和几个熟识的面孔打了招呼，去吧台要了一杯百果庄园，我看着老板板着脸站在吧台后面，看样子也没有闲聊的性质，我就一个人端着酒杯坐在旁边的小桌边，听台上的李小卉唱歌。

我瞅见旁边小桌坐着和我聊过天儿的酒吧工作人员，就是九月份和我说酒吧要关门的那位，就朝他打了个招呼。

他看见是我来了，向我笑笑。

“兄弟，你不是说这酒吧要关门了吗？”我小声问道。

他的脸色变了，把凳子朝我这边的方向挪了挪。

“是，是要关了，赵老板这不正在闹离婚吗，准备分财产。”他压低嗓子对我说道。

“离婚？”我很惊诧地看着他。

他悄悄瞄了一眼赵老板，发现他并没有关注到这里，才又继续对我说。

“嗯，他俩完了，赵老板的媳妇儿给他戴了绿帽子。他媳妇儿不是学舞蹈的吗，还开了辅导班，教小孩儿跳舞。九月份的时候，赵哥嗓子不舒服，刚七点就提前回家了，结果发现他媳妇儿和一个学生的爸睡在一起……”

“据说是个单亲家庭，小孩的爸挺有钱，这边离了，那边就结。”他补充道。

我摸着酒杯，觉得酒杯里的冰块透着玻璃冰在我的手上。

他拍拍我肩膀，说：“赵哥其实不想关酒吧，只不过这也算共同财产，女方那边想着房子肯定分不到，不如卖了变现，还能拿点儿现金。”

正说着，他突然变了脸色。

我回头看，进来的女人我认识，就是赵老板的老婆。

李小卉的歌声明显停顿了一下，之后又继续。

我看着那个女人走到吧台前，和赵老板低声说着什么，赵老板没有说话，只是紧紧抿着嘴唇，我能看出来他在咬着牙，因为他的两腮都明显地突出来。

气氛很凝重，赵老板只是偶尔说一两句。大概过了有五分钟，赵老板突然把杯子里的酒泼到了他老婆的脸上，然后说：“滚。”

那个女人只是笑，妆也花了，但还是拒人千里之外地笑。

我突然转过头看着李小卉，她在唱歌，却看着赵老板。她唱的是卢冠廷的《一生所爱》，她的声音颤抖着，拿着话筒的手也颤抖着。

如同整个世界的暴雨都倾泻在了这片荒原里。

隔了有小半个月，李小卉突然给我打电话，问我，如果故意杀人要判多少年。

我听了都惊呆了，不知道她为什么问这个问题。

她说："电话里不好解释，你不是搞法律的吗，你到酒吧来，详细说，有事儿求你帮忙。"

她的语气很急，我挂了电话就打车去了后海。

一进酒吧，就看到赵老板僵硬地站在吧台里，周围围了一圈员工，李小卉站在中间，正在对赵老板说话。她看见我来了，赶紧把我拉到一边，我喘着粗气问她："赵哥杀人了？"

李小卉又气又好笑地说："你咒赵哥呢？他想搞把枪。"

我一惊，问道："他要枪干吗？"

李小卉反问道："你说呢？"

"他不会是要杀他老婆吧？"我问道。说实话，我听到这个问题确实有点儿紧张，做了二十多年良民，第一次碰见这种刺刀见红的婚姻问题。

李小卉对我说："老钱在吧台的电脑上发现赵哥在网上联系买枪的事儿，我们觉得事儿有点严重，赶紧找他谈。我记得你是搞法律这块儿的，和我们又比较熟，你帮着和他讲讲，千万不能出事儿啊！"

她用手指捏我的胳膊，很疼。

我点点头，走过去先和赵老板打个招呼，然后说："赵哥，事儿我大概了解了。你这么做真的不合适，千万慎重。私自找野枪本来就快构成犯罪了，再说了，万一你拿着家伙儿动手了，对谁都不好交代。我原来在二分检搞实习的时候，正好碰上个案例，一哥们儿，老婆外面有别的人了，那哥们儿不知从哪儿整了把枪，过去要杀人。倒是幸运，人没打死，子弹顺着口腔打了个对穿。最后判也是按照故意杀人的罪行判的，只不过是未遂。就这，也得老老实实在牢里待很多年头了。你说值得吗？”

赵老板昂着头，我看到他眼睛一片赤色，他说：“怎么不值得？杀了他俩我就值得。”

他又指着李小卉说：“还有你，非得把我那点儿破事儿都抖出来才开心？”

我看到李小卉的眼圈一下就红了，赶紧对赵老板说：“你仔细想想，你自己进去了，要耗费多少时间？为了两个和自己再无瓜葛的人，把自己的时间浪费在牢狱之灾上，有什么意义？这种一时激愤出事儿的案例我见得多了，你想想，你进去了，你爸妈怎么办？这么多人，跟着你吃饭的，怎么办？”

赵老板摆摆手说：“兄弟，你劝我没用。枪，我是买不成了。但是今儿下午她还要来和我谈房子的事儿，我一定还会找别的方法弄死她！”

我知道这时候赵老板什么话都听不进去，只好先停下，以免刺激他。可我又不甘心就这么回去了，李小卉专门打电话过来喊我帮忙，结果这就撤退了，实在辜负嘱托。时间就这么一分一秒地耗着，过了半个小时，另一位正主儿也到了。

赵老板的老婆推门而入。

赵老板噌的一下就从吧台里翻了过来，手里拿着平时切柠檬的餐刀，冲着他媳妇儿就扎了过去。李小卉赶紧拿胳膊挡了一下。就看见餐刀顺着她小臂的袖口划出长长一道，周围几个人眼见着赵老板发疯，扑上来抱着他身子。李小卉对赵老板媳妇儿喊着："走啊，你还不走！？"

赵老板叫着："我今天一定要杀了你。"然后把餐刀向着前面狠狠地掷了出去。

女人跌跌撞撞地冲出门外。

赵老板拼命摆脱着身边人的纠缠，追了出去，可是他老婆已经开车走了。他怒气冲冲地转过身，对着酒吧里的所有人咆哮，用手臂把吧台上的所有瓶瓶罐罐都扫到地下，摔了个粉碎，之后拿着椅子冲着酒吧里的一切乱砸。

我既惊又惧地站在门口，我从来不知道当爱情走向仇恨会迸发出如此巨大的疯狂。

李小卉的手臂流血了，不过所幸此时已经是秋天，穿的衣服不薄，只是划开了一个长口子。可是她也顾不上止血，只是拉着赵老板，喊着："别砸了，别砸了。"

赵老板已经急了眼，转过身对李小卉说："你别拦着我，这是我的酒吧，我想砸就砸！你要拦着我，我连你一起收拾！"

李小卉抱着赵老板，哭着喊："别砸了，别砸了。"

赵老板举起椅子的手臂僵硬着，李小卉的眼泪和血液沾湿了他的衣服。

我听李小卉说，赵老板还是进局子了。

不过好在最后只是行政拘留，没有闹出什么大的幺蛾子来。

出来以后就是走马灯似的连串事宜，我帮赵老板介绍了一个律师，法大的一个师兄，帮他处理离婚的事宜。

官司一边打着，赵老板的酒吧也开始了真正的倒数计时。赵老板说他已经想好了，那边要钱，就给钱，早点儿了事儿早点儿清净。

因为我帮他找了律师这个茬儿，赵老板还专门请我去酒吧里喝酒，说是要好好感谢我。我去酒吧的时候，发现顾客反而比以往多了许多，大概是赵老板也放开了心态，最近这段时间都是酒水打折，自己也亲自上阵演唱，所以生意倒是红火了起来。

我坐台下听着，赵老板和李小卉两人正站在台子上唱郑钧的《私奔》。我估计这歌肯定是李小卉选的，我明显能看出来，这姑娘虽说唱着歌，心思却全在身边的赵老板身上。我也只好一阵郁闷，哀叹自己风华正茂却无人喜欢，连一个肚腩大叔都比不上，果然玩摇滚的就算老了也比我这种码字儿的抢手。

两人唱完，走下台和我坐在一起。

我明显能看出来赵老板的脸瘦了一圈，白头发好像都添了一撮。

他不停给我倒酒，我和他一杯接一杯喝。

我问赵老板："心里还恨吗？"

赵老板愣了一下，李小卉的眼神像刀子一样投射过来，要是眼神能杀死人，估计她早就超神一百多回了。

赵老板喝口酒说："恨，当然恨，能不恨吗？不过恨也没用，从此以后就不在一条道上走了。"

我说："对，赵老板，你是很受欢迎的，指不定什么时候就又被抢走了。"

我一边说，一边拿眼睛瞅着李小卉。李小卉羞得满脸通红，不停拿脚踹我。赵老板有些尴尬地咳嗽一声，低头喝酒，然后对我说："现在还没心思考虑这个。"

顿时，李小卉连踹我的劲儿都没了。

我问："酒吧关了，准备干吗？"

赵老板笑笑，对我说："我还想再开一个，这些年手里还攒了些闲钱。"

我问："找到地方了吗？"

赵老板试探地说："工体你觉得行不行？"

我摇摇头说："太闹腾，你资金也不够。我觉得别考虑北京，干脆玩个大的，去外地得了。"

“那，丽江？”

“你觉得合适吗？”

“拉萨，咱们进藏，和郑钧唱的《回到拉萨》一样。”

“那你得准备好酥油，另外骗女文青记得说一句：‘卓玛，我是扎西。’”

赵老板挠挠头，问我：“那你说去哪儿？”

我说：“要不你去乌鲁木齐吧。李小卉不就是那儿的吗？”

李小卉赶紧摆手，小脸儿通红。

我说：“怎么？乌鲁木齐还不欢迎赵哥？”

李小卉赶紧说：“欢迎欢迎，热烈欢迎，就差拍巴掌喊口号了。”

今年初，我接到李小卉发来的邮件，里面是她和赵老板的照片，人已经在乌鲁木齐了。两个人的肢体没有接触，一人背着一个吉他，就是规规矩矩地站着，李小卉笑得一脸甜蜜，赵老板的肚子减下去了，脸也终于消瘦，显现出当年摇滚哥的帅气来。

李小卉在邮件里说，他们在考察乌鲁木齐的酒吧市场，预估要在那儿扎根了。邮件最后，她还偷偷留言说，就是感情没有什么进展。

不知道怎么回事儿，我突然想起来很多事儿。

李小卉上大学就在赵老板的酒吧驻唱，这么说也有五六年了。

那天在酒吧里，赵老板的媳妇儿进门，我们都转头去看，而李小卉却一直把眼光留在赵老板身上，所以她才第一时间看到赵老板拿刀，也能第一时间反应过来去挡这么一下。

这个姑娘，这五六年里经历的，是一段很难说出口的感情。

至于赵老板，他的婚姻失败，生意泡汤，暴戾愤怒恨意难平。这是他人生中的一段灰暗，也是艰难历程，这五六年更是一次斩妖除魔的磨难。

如今两个人结伴而行，自东向西。

我觉得赵老板终有一天会明白。

他要求取的真经，就在他的身旁。

北京食记

知乎上有人提问：北京有什么好吃的吗？

连汉字加标点，一共十个字符，然而想要回答这个问题，恐怕就得成千上万倍的字了。有什么东西好吃？为什么好吃？怎么吃？去哪儿吃？如果这些问题还想回答得好，估计得写一本社科类专著——《论北京好吃的》。

梁实秋写北平的小贩挑着零嘴儿四处吆喝，这光景如今已经见不着了。汪曾祺说“五味神在北京”，酸甜苦辣咸人间味道约莫尽此，可要回头再看，终究还是曾经的故事。如今我要斗胆说说北京有什么好吃的，却也只是瞎子摸象东拼西凑，甚至土洋结合南北掺杂。到最后恍恍惚惚跑题，写的不是北京本土的小吃，更不是入嘴的佳肴，反倒是食客的故事了。

一

人对于自己吃过的东西，多少都保存着一份记忆。第一次去了感觉不错，等想起来的时候，还会再去。我吃过的好烤串儿，要数中国棋院对面那家。卤煮的话，北新桥双份料儿加起来舒服，当然小肠陈一直就是此中行家。海淀西翠路那儿有个老头儿，卖的猪蹄儿颜色酱红，入口肥瘦相间，香滑不腻。炸酱面，想来想去，却终究还是落在海碗居的头上。驻扎北京的重庆火锅，备选太多，杨家火锅和宽板凳好歹承袭了麻的精髓。素菜里最好的要数三摩地茶艺空间，比萨最佳当去意大利农场，至于徽菜，那就是增光路的大永徽了。

然而对于一些人来说，选择千百遍地重复去吃一样东西，不是因为味道，而是因为记忆。

大毛从列宾美院放假回国之后，我就经常去他家里扯闲篇儿。他家里人我几乎都见了个遍，我估计我要是个女的，这起码也是领回家过年的节奏了。在熟知的大毛家人中，我最喜欢和他大伯聊天儿。

大毛的大伯已经算半百老头儿了，头发花白，走路有点儿瘸。他平时话不多，但是有时候被我和大毛灌了酒，肚子里的故事就像开了闸的水库，大浪滔天。

我问他："大伯，我听大毛说，您这腿可是战斗当中落下的毛病，这是英雄事迹啊！"

“战斗个屁，”大伯说，“这就是碴架的时候被人捅了一刀。”

大毛在一旁撺掇：“讲讲吧，我们就爱听这事儿。”我也起哄着问：“您那时候是红卫兵还是顽主啊？”

大伯拿花生米丢嘴里说：“红卫兵个屁，‘老子英雄儿好汉，老子反动儿浑蛋’，大毛他爷爷新中国成立前做买卖的，我这还能混上红卫兵？早阶级分化了！”

我赶紧问：“呦，那您是震哪儿啊？和小浑蛋、边爷、王爷他们认识吗？”

大伯嘿嘿一笑说：“我没那么牛 ×，也就只是跟着有面儿的码头混，那时候德胜门北城区码头林立，我是跟着德外那一拨。当时和我关系好的有三个人，一个叫杨彪，我喊他彪子；还有一个是半边脸上有胎记，外号陈花脸；还有一个是个另类，家里原来是大院儿的，据说是外交部的，可惜喜欢跟着我们一起，叫王东。”

“我们四个人经常在一起，算是成立了一个机动小分队，关系套关系，熟人找熟人，也拉起来二三十号人马，要用胡子的行话说，这好歹也算是有山头儿了。”

“那年月，也没个事儿，课上不成，全瞎胡闹。因为你不打架，地盘儿就扩充不了，你不出去拼，手底下没佛爷愿意跟着，到时候掏了兜儿都不上供。打完架了，也得犒劳一下士气，所以我们就拉着队伍往烤肉季奔。”

“烤肉季说出来，你们应该也不陌生，四九城里算得上一号。用的是张家口的小绵羊，肉嫩味儿鲜，用的都是后腿和上脑的地方，我看见过里面的厨子片肉，用一把一尺五寸的刀，刀光如雪，唰唰地肉就下来了，薄如蝉翼。这烤肉的吃法儿还分文武，我们这些人一般都是武吃，以酱油为佐料，加葱姜蒜料酒，卤虾油，配上碧绿细丝儿葱花，腌渍好了肉，人手一把尺二长的‘六道木’，把肉摊在烤肉炙子上，边烤边喝，手掌翻飞。我和你们说啊，这烤的时候，得单要一个鸡蛋，肉在炙子上，中间打一个鸡蛋，吃起来焦香扑鼻。”

“待一切准备妥当，所有人就共同举起酒杯，先祝毛主席万寿无疆，然后就开始胡吃海喝。”

大毛赶紧说：“大伯快讲正题吧，你这跑偏的，我口水都被你说出来了。”

大伯嘿嘿一笑说：“我记得干过一票最大的，是在紫竹公园。那时候我们这一拨人和那帮红卫兵已经到水火不容的地步了。红卫兵一般装扮都是将校呢子、高塔帽，我们这一伙儿人和他们碴架都是连带‘扒皮’，就是把红卫兵的军服都当战利品缴获了。所以大家见着面，一时半会儿还分不出个敌我矛盾。”

“那一天开一个小会，周围上道点儿的人物都来了，一时间很有点儿风云际会的感觉。我们正谈着呢，突然丁零零地车铃铛响，百十号红卫兵，全骑着锰钢。下了车，一瞅见我们这儿人多，不由得愣了一下，那边的人下意识地就开始盘道。”

“红卫兵都是来自部委大院，盘道儿的话和我们不一样。第一句就是：你们哪个部的？”

“彪子听了这话嘿嘿直乐，让王东上去搭话，说这边是外交部正开会呢。那边搭着腔，这边陈花脸和我就悄悄嘱咐人做好战斗准备。等差不多这边人都明白了，我们几个就走过去，假意说话，刚握着手共祝世界无产阶级革命大胜利，我抡着武装带就砸在对面领头那人脑门儿上了。苏式武装带那可是带着铜扣的，只一下就把他砸得血流满面。”

“后面彪子喊，花了他。”

“一群人冲上去，就开始干架。”

“部委的那帮孩子都特别尿，带头儿的倒了，其他的都是树倒猢狲散。战斗刚刚打响十五分钟，我们已经大获全胜了。截获锰钢自行车好几辆，至于军帽儿什么的，那都数不过来。鉴于这场突如其来的战斗和突如其来的胜利，我们最后会议研究决定去老莫儿撮一顿。”

“老莫儿也就是现在的莫斯科餐厅。当时红卫兵特别喜欢去，还得排号，一般顽主三两个可不敢去那儿吃饭。但是那一天，几百号人，浩浩荡荡！进了老莫儿你才知道，什么叫布尔乔亚的品位，嘿，连服务员都是俄罗斯妞儿！”

“我们点了红菜汤、罐焖牛肉、酸黄瓜、莫斯科式奶油烤鱼、红鱼子……总之，只有你想不到的，每个人面前都摆着啤酒，餐厅里放着《喀秋莎》，所有人都举着缴获来的军帽。那时候有个乐子，就是在老莫儿飞帽儿。一声令下，军帽儿漫天飞舞，我们举起酒杯，那一天算是我这辈子最快活的一天。”

“只不过，后来发生的事儿，完全出乎了所有人的意料。”

“王东被红卫兵里的人认出来了，说他叛变投敌。那边组织了一次反扑，正好赶上我们几个人碴架回来，形单影只，就七八个人。那边几十号把我们围在胡同里，王东骑着自行车想往外冲，结果被拽住拖下来了，直接抡圆了车锁，正好砸脑袋上，当时人就倒地了。陈花脸和我边打边退，往周围的民房靠拢，彪子冲得太前，一下子就被扎倒了。当时用的还不是刀，是那种粗的钢筋棍儿，前头磨尖喽，噗一下扎进身体里，再拔出来，那血像喷泉一样。我和花脸看这阵势，发觉不妙，翻墙想跑。”

“结果下面人拿着刀，直接捅到我腿上，我拿脚一踹，借力翻到墙那头了。就听见花脸在那边喊，快走，别管我了，快走。我瘸着腿，流着泪，走一路流一路的血，整整花了两个钟头，才挨到家里。家里人带着上医院看，可惜已经晚了，腿废了，那刀上抹了药粉儿，据说是一个支越战争回来的老红卫兵传授的方法，扎了就钻到肉里出不来了。”

“等过了几天，才知道其他人的消息。”

“花脸和彪子都死了，王东下落不明，从那以后再也没人见过他。”

大伯说到这儿，停顿了一下，然后又继续说：“有时候我会想起来，我们四个人经常聚在王东的家里。谁都不动声，王东拿着《钢铁是怎样炼成的》为我们朗读：‘保尔觉得她那独有弹性的胸脯贴在他的肩膀上，他感到局促不安，四周的笑声却惊醒了素常寂静的街道。’”

故事讲到这儿，我们几个都喝醉了。

大毛告诉我，他大伯每到十二月份都要去一次老莫儿，一个人点好几样菜，四大扎啤酒，然后喝完吃完。

我听说人活到最后，会怀念的一定是年轻时最潇洒的时刻。去年冬天，我和大毛看着他大伯一瘸一拐地出了门，准备开车去老莫儿，为自己，也为曾经的那三个人再吃上一顿。

大伯的鞋踩在雪地上，咯吱咯吱地响着，其实不用飘雪，他已经白头，我和大毛看着他的背影。

他一个人茕茕孑立，踽踽独行。

二

一个人穷有穷的吃法儿。

原来人们是吃鸭子必去全聚德，现在京城里其实大多数人选择去大董。

大董的鸭子号称“八料八吃”，人们常用荷叶饼卷了葱丝儿鸭肉吃，但是大董的鸭肉却是蘸蒜泥，嚼起来喷香。盐水鸭肝鲜嫩入味儿。当然，大董的鸭皮也很有特色，不是传统的“酥脆”，而是吐出一个酥而不腻，拿不算太甜的四方白糖蘸了吃。嘿，拿舌头一卷，那鸭皮就能化了。

当我向陈怡讲这些的时候，她很不理解，她说：“我的妈呀，吃个鸭子还能有这么多的讲究？还能品出这么多味道？”

我说：“那不废话吗，挣钱为了啥，不就是为了享受生活吗？”

陈怡点点头，又摇摇头说：“享受肯定对，但是得先活着，才能享受。”

我明白陈怡说这话是什么意思，因为她家里并不富裕。我和她认识的时候，都还在上大学，陈怡的的确确是从贵州一个县级市下面的穷乡僻壤考出来的。她总是穿着一件洗得浆白的衬衣，好几年依然如此。虽然学校里已经可以办理贫困贷款，平时也有补助，但是陈怡确实十分节俭。我说这话的意思并不是贬义，陈怡一个人考到北京来，希望改变自己命运，这是好事，至于节俭之类的，这是从小养成的生活习惯。

很多人觉得都这年头了，哪儿还有穷人，其实真的有。陈怡家里姊妹三个，她排行老大，所以家里重担都指望着她来挑。陈怡有时候在上课之余，还会出去兼职打工，她说北京兼职打工挣的钱比她回家干别的挣得多得多。当然，做兼职对她也有一定的影响，我经常能瞅见她瞌睡打哈欠，有时候走半道儿上都能撞上人。

我问她："这么拼命干吗？"她瞪大眼睛说："挣钱啊，而且我想给我爸妈寄烤鸭回去，让他们也尝尝。"

我说："你自己都还没吃上呢。"

陈怡摇头："所以才寄回去给他们吃。你不是说烤鸭挺好吃的吗？"

我皱着眉，看着陈怡消瘦的脸，觉得我这张嘴真不该瞎嘚啵这些。

陈怡打了两份工，一份是平时在超市收银，是从晚上七点半到十点；另一份工作是做一个培训集团的前台助理，周六周日去。打这两份工，基本可以保障她一个月的支出，如果节省些花，还能有点儿盈余。

她开始为了让她家里人吃上烤鸭而奋斗，终于在攒了两个月的钱后，去超市买了两只真空包装的全聚德烤鸭，然后雄赳赳气昂昂地寄了回去。

过了半个月，她突然蔫蔫地跑我面前对我说，会不会被超市骗了，买的假货？她爹妈说鸭子还行，就是荷叶饼不好吃。

我问："你爹妈怎么说的？"

陈怡有点儿不好意思地说："他们都不懂，两只鸭子，一只给添上甜面酱煮了，还有一只他们给红烧了。另外荷叶饼他们说咬不动。"

我说："我的姐姐哎，那东西能那么吃吗？这不是糟蹋嘛！"

陈怡听我这么说，也急了，她说："我又没吃过，我爹妈也没吃过，怎么知道啊！"

我一看她火儿了，也觉得自己说话实在是有点儿不好听，赶紧改口说："哎哟，要不我教你吧，那鸭子不是真空包装吗，打开以后直接热一下，不要做别的加工。那荷叶饼得蒸着吃，要不然硬邦邦的，谁能吃得下去？拿鸭肉蘸酱，和葱丝一起卷在饼里吃。而且你没必要买全聚德的鸭子，那又贵还不一定好吃，一百六十九一只呢。其实你买便宜坊的就成，味道也差不离。"

陈怡听了我的话，只好叹气说："那我就再继续打工，攒点儿钱买吧。"

我想说，要不我作为朋友送你家里两只吧，后来我还是打消了这个念头。因为这样好像显得我不是同情她，而是在可怜她。

一年后，陈怡的爸爸因为生病，去世了。

第二次陈怡寄过去的烤鸭，他吃了，这辈子就吃过这么一次。

再后来，一个同学做东，请周围的朋友一起去大董吃饭。那是陈怡第一次去大董，也是她第一次吃烤鸭。陈怡开始还不会包，甜面酱蘸了以后，老漏出来。我和周围的人就教她怎么吃，怎么包。

陈怡学会之后，自己包了一个好的放嘴里。

朋友问她："怎么样，好吃吗？"

陈怡点点头说："好吃，要是我爸还在，我以后工作就能带他来吃了。"

我也不知道为什么，突然觉得嘴里的烤鸭索然无味了。

一个人富也有富的吃法。

我因为小说出版的事宜上认识了一个土豪，而且土豪愿意和我做朋友。

土豪是山西人，家里是开酒店的，能吃能喝能玩儿，我也借他的东风，蹭吃蹭喝不亦乐乎。其实有钱的确是个好事情，在很大程度上能够决定食材的等级以及最终做出的食材的质量。

托他的福，我曾经吃过一道菜，叫作“翠盖鱼翅”。这道菜的主要原料选用的是上等的小排翅，事先把鱼翅发好，然后再用鸡汤文火清炖。这道菜的辅料也很不一般，把整个的紫鲍连同云腿和鸡皮一起，摘了新鲜的荷叶包起来，将佐料放入，然后烧。且那鸡皮还须是已经过油的油鸡鸡皮。就这么放在一起，放火上烧，至少得烧两三个小时，中间还要不断地换新鲜荷叶。最后一个步骤是摆在笼屉里蒸上二十分钟，才起锅。上桌的时候，把荷叶摆在桌子上，再把菜盛上去，颜色碧绿，鸡油滑润，所以才有个翠盖鱼翅的名字。

经土豪介绍，我才知道，实际上所谓的鱼翅本身其实并不鲜美，想把鱼翅做好，就一定要在辅料上下足功夫，让鱼翅充分浸透美味，才能醇香细润。这道菜就是典型的“借味菜”，把鸡肉、云腿、紫鲍、荷叶的香气都糅在鱼翅里了。

我问土豪：“是不是这吃的东西，越是豪华，越是大菜，才越好吃？”

土豪摇摇头说：“我虽然土，但是好歹还有个豪字好吗？这美食要看功力，其实恰恰是从小菜上琢磨出门道来的。”他给我举了两个例子。

第一个例子是原来老北京的“桂花皮炸”（最后一字读“如渣”）。这道菜不是大菜，只是属于盘中小食，说白了就是猪皮做的。选用猪脊梁上那么一小条儿，切下来，把毛去了，然后用花生油炸至起泡。之后就是捞出来透油晾干，放瓷坛子里密封起来。等到第二年就可以吃了。做菜的时候，先把它拿温水泡了洗净，再用高汤进味儿，切成细丝下锅炒了，伴着鸡蛋火腿下锅，出来之后鲜香扑鼻。

第二道菜叫作“上天梯”，这道菜是取鸭掌作为原料，先把厚皮去了，再用绍兴产的黄酒泡着，等到鸭掌发胀的时候再拿出来，拆骨抽筋，只留下那层鸭掌的细肉和皮。这个时候用火腿两片、春笋数片，叠在一起，把鸭掌夹在中间，浸了蜂蜜，文火蒸透。吃起来糯软可口。

这两道菜都不是大菜，却都精彩至极，唐鲁孙老先生都在书里写过。

我听后拜服，这位土豪确实在吃上有研究，而且吃出学问来了。

我问土豪：“那你有没有觉得什么是最好吃的东西？”他笑而不答。

之后数月，未与他联络，听闻是家中变故，急急返乡去也。

等再次联系我，已是年末，土豪约我至大同会馆。

等我到时，他已经坐在位置上了。汾酒一瓶，桌上菜数盘，皆是山西家乡菜。

酒过三巡，土豪夹着莜面鱼鱼，突然泣不成声。这道菜其实很简单，就是莜麦面切成细条，加葱花姜片爆香，混入土豆香菇西红柿。餐馆里这道菜的价格不超过二十五元。我不解土豪为何如此失态。

他抬头对我说："这味道不一样，我妈做得好吃啊。我走之前，我妈给我做的最后一道菜就是莜面鱼鱼。"

老母得了癌症。

住院前在自己屋里开灶做的一道菜。

再次食之，何其痛彻心扉！

三

口味的改变有很多原因，地域、时间、年岁增长，有时候也因为其他人。

杨淼和胡一凡都是我的朋友，两个人恋爱已经有六年了，从大一开始一直到毕业后两年。杨淼是北方姑娘，胡一凡是川渝小伙儿，在我看来两个人吃饭的口味实在有点儿不搭界。

比如杨淼喜欢吃面食，胡一凡偏爱米饭。

杨淼吃得偏咸且不吃辣，但胡一凡喜麻喜辣。

这两人出去吃饭挺逗，一般都是一式两份，不同做法，就连出去吃麻辣香锅，都是点两个小份儿，一个微微辣，一个超级辣。

不过好在两个人感情还算稳固，杨淼成了老师，胡一凡在企业里发展，虽说居京城大不易，可他俩也算一起奋斗一起拼搏，至少在我看来，难能可贵。

前年冬天，我们几个朋友一起找地方吃饭，做特务状四处搜寻，终于确定了一家店。

老虎庙内小店林立，但是这一家却有些卓尔不群。其他店铺都是用的透明玻璃门，唯独这家选用的棉门帘子，颇有一些破旧小馆的味道。掀帘入内，店里除去炒菜外，主营铜锅涮肉，值此寒冬，确实也对胃口。

胡一凡问这涮肉和火锅到底有什么区别。

我说其实区别挺大的，第一个是锅不同，一个肚大，一个肚小，第二个是配料不同，重庆火锅喜用牛油提香，而涮肉却是靠味碟蘸酱后提香。这涮肉还是以清汤涮羊肉为主，吃菜为辅，而且菜品也不如火锅丰富。用的炭火锅子膛大火旺，外面西北风呼啸，内里肉香菜香扑鼻，何其快哉！

上桌点菜，为了照顾杨淼，我们点了鸳鸯锅底，等铜锅端上，这一下胡一凡和杨淼又显出不同来了。

杨淼是标准的北方吃法，拿麻酱、酱豆腐、韭菜花拌匀了做调料，而胡一凡则是要来一个空碗，内里不着他物，只是拿汤勺一点儿一点儿地舀着锅里的辣油，以此作为调料。等正式吃的时候，杨淼一小会儿就满头大汗，而胡一凡却面不改色尤嫌辣味儿不足。

杨淼看着胡一凡碗里的辣油，拿筷子尖儿蘸了一点儿放在嘴里，才几秒钟就面色通红，咕咚咚一瓶北冰洋下肚了。

旁观者莞尔。

酒足饭饱，迈步帝都街头，虽天寒地冻，却心中暖和。

去年冬，再聚老虎庙的那家小馆，却独独缺了胡一凡。

他和杨淼分手已经有两三个月了。

我们问杨淼原因，她却摇头冷笑，由他去吧。

照例点的铜炉火锅，我说点鸳鸯的吧，杨淼摇头说，就吃辣的。

等锅子上来了，杨淼也不用调料，就拿着小碟，一点点从锅里舀辣椒油。

羊肉涮好，她吃了一口，立刻满面通红，却憋着不去喝水。我们几个光看着她的样子，都能感觉到那份难受，想给她递水，杨淼却只是摆手说不要。

她喃喃说："能有多辣啊？能有多辣？"

再吃几口，眼泪鼻涕都出来了。

我却不知道这到底是因为辣还是因为胡一凡。

我低声对旁边的朋友说："我想起一句话，唯美食与爱不可辜负。"

杨淼耳朵很尖，听见了我的话，抬起头看着我，此刻已经哭得妆都花了。

她哭着说："放屁，只有美食不可辜负。"

当然，也有人口味数十年如一日，再不改变。

一个远房亲戚，我应该喊阿姨的，离婚的时候和丈夫闹得不可开交，打离婚官司，两个人就连一张地毯都要争得你死我活。当年海誓山盟，而如今这么丁点儿东西都要明确地划分个权限，想想确实让人心凉。

最开始他俩结婚搬家，从丰台到海淀，我还去他们新家做客。

那一顿吃的饭没给我留下什么太大的印象，倒是他们小区门口有一个老太太卖的肉夹馍让我魂不守舍。那天是刚在外面跑了一天，晚上去他们家里，我到的时候他俩正好出门买菜，我也进不去门，只好在小区门口溜达。

我确实饿了，那老太太做的肉夹馍喷香扑鼻，肚子里馋虫乱转。

说起来，肉夹馍当然不是北京本土小吃，这是老陕的特色美食。我瞅着老太太把五花肉从煮得咕嘟嘟响的大锅里捞出来，实在按捺不住，就去买了一个。

肉夹馍的做法我知道，五花肉要选那四分瘦六分肥的，焯水后取出，扔锅里煮。这煮的汤是特制的，高汤料酒酱油冰糖辣椒盐桂皮香叶姜片八角花椒，大火开后转小火慢炖。

至于那饼，小火烙熟，外脆里软。

把肉从锅里捞出来切碎，夹在饼中，浇上汤汁。

我咬上一口，美！

正吃着呢，他俩回来了，瞅见我都动嘴了，一个劲儿直乐。

阿姨说 ：“这老太太做得确实好吃。我们有时候晚上不想做饭，就买上四个，一人吃俩。”

可惜，他俩 2000 年离婚，至今已经有十三年了。她前夫就此出国，再未回来。

今年，那阿姨给我打电话，说要去机场，问我能不能开车送她。我说好，就开着车去了她的小区，没承想那小区门口的老太太还在，依然在卖她的肉夹馍。

阿姨拎着箱子出来，对我说 ：“公司要安排出差，急急忙忙的只能麻烦你送了。”

我说 ：“没事儿，反正我闲着也是闲着。”

阿姨把行李放好，刚准备上车，突然转身去老太太那儿买了俩肉夹馍。

我说 ：“您这还把干粮提前备好啊。”

阿姨笑笑，说 ：“多少年了，还是喜欢吃。”

等到了候机厅里，我俩坐下。

有人行色匆匆地拖着行李，坐到了旁边。

我看了一眼，却愣住了。

有时候不得不感慨世界太小，那是我阿姨的前夫，尽管十几年未见，但我还是认识他，面色苍老了许多，头发也白了。我略微有些尴尬，在犹豫和不和他打招呼，毕竟虽然他们婚姻散了，但我和她前夫当初的关系还不错。

他好像也认出了我们，脸上一瞬间闪现出了一丝惊讶。

他朝我笑笑说：“真巧，我是刚从美国回来，准备转机，一会儿就走。”

阿姨没有说话，只是从手边的塑料袋里拿出来一个肉夹馍，用纸巾包住，递给了他。

他们俩低头吃着。

过了一会儿，阿姨的前夫站起来对我说：“我走了，有机会再见。”

自始至终他和她没说一句话，我扭头看着阿姨。

她小口地吃着。

面色平静。

未言一语。

泪流满面。

我突然想到了拜伦的那首诗。

“假若他日相逢，我将何以贺你？以眼泪，以沉默。”

以肉夹馍。

我叫你一声，你敢答应吗

有人喝酒面不改色寡言少语，有人喝酒跟喝了纯度九十五酒精似的，上下通气不咳嗽，满嘴火车天上走。

哥们儿在八里庄的铜炉火锅组了个饭局，喊我参加。同去的客人当中有一壮汉，黑面露膛，长须四散，开饭前他不声不响垮着脸。服务员给他倒茶的时候，壮汉咳嗽了一声，吓得服务员差点儿把茶壶从窗户扔出去。

没承想，这位爷一喝酒就上了话唠光环，语速技能全部点满，立刻化身拉家常的老太太。

“我给你们讲个谜语你们猜猜看一个不是男人的男人看见又看不见用一块不是石头的石头击中又没击中一只站在不是棍子的棍子上的不是鸟的鸟是指什么吗就是指一个独眼龙老太监拿着一块浮石打了但是没打中一只站在芦苇上的蝙蝠哈哈哈哈你们说是不是很好笑赶紧喝酒我先敬你一杯……”

不是我忘记打标点，确实是他说得太快，我觉得绕口令大赛如果允许自带酒水，丫绝对是第一。

在酒桌上和这人说话纯粹属于受虐倾向严重，就像是俩绝世高手站华山之巅决战，你刚拔出剑来，那边拿出马克沁机枪一梭子把你撂倒以后还非得把子弹打完了鞭尸一番。

到最后酒桌上就剩下他还不停往外喷词儿，我确实听得烦了，就问邻座儿："能不能想一辙，让丫闭嘴？"

邻座儿冲我一乐，说："这事儿不难。"他喝了口茶润润嗓子，然后像是不经意地提了一句，"哎，也不知道 ××× 最近怎么样了。"

邻座儿话音刚落，这本来余音绕梁三日不绝的场面立马调成了静音，再瞅那位，耷眼低眉垂首闭嘴，任凭雨打风吹去，他自修他的闭口禅，再不吱声儿。

我赶紧悄声问邻座儿："大哥你是真牛，一句话就把他撂趴下了！你刚话里提到的什么人啊，这么大能耐？"

邻座笑笑，暗地指着装哑巴的汉子说："这货的女友，前的。"

"呵！"我说，"真㞞！"

"㞞？"邻座摇摇头，对我说，"这位可是从什刹海体校出来的，往上倒腾李连杰都是他师兄。前段时间他喝完酒回家，碰上摸兜儿的，直接一拳干趴下。后面来几个增援的，他也全不在乎，愣是单枪匹马消灭了一个小团伙。”

“你说他㞞？”

我说：“那是武力值，可光听到前女友的名字就哑巴了，这还不㞞？”

邻座儿和我碰了个杯，低声说：“那不是㞞，那是软肋，挨着就疼，戳着就死。”

酒席散了，我们又去唱歌。那位壮汉好像恢复了精神，点的歌儿都是豪气干云的那种，什么《精忠报国》《中华武术魂》之类的，不过最让我惊讶的是，这汉子还唱了一首《游击队之歌》，他自己把词儿改了。

“我们都是神枪手，每一个名字消灭一个敌人。”

“我们都是大傻子，哪怕你伤我重又深。”

一个一米九的大个儿，面色黑里透红，声音响彻云霄，却唱得无比深情。

弗诺文奇在小说里提到，古代巫师都把自己的名字视为最不可泄露的秘密，因为一旦真名实姓暴露给其他人，就意味着会被诅咒下毒，彻底暴露软弱沦为敌手的玩物。然而现实却好像正好相反，你知道了对方的名字，他安然无恙，那几个字却嵌在你的心里，听不得看不得。

想起来一挺特别的事儿。

那是我还在律所实习的时候，有一天晚上加班，也不知怎么了，隔壁桌的那个姑娘突然哭了起来，怎么劝都止不住。

当时把我吓坏了，因为就数我离她距离最近，闻讯赶来正义感爆棚处理婚姻家庭案件经验丰富的中老年女律师全拿看罪犯的眼神瞅我，好像我就是那种知法犯法调戏良家妇女的反面典型。

大家问那姑娘出什么事儿了，她哭着说了一句："我看见他了。"

这没头没尾的一句话，顿时把那几个女律师的八卦魂给燃起来了，一众更年期端茶倒水拿瓜子搬板凳，把姑娘围了个水泄不通，非要她给详细说说。

姑娘抽抽搭搭半天，我才听明白个大概。

这姑娘高中的时候喜欢上一个小伙儿，之后她发奋学习和那个喜欢的少年一起考来了北京，大学里确定了情侣关系，一直到毕业工作，两人还保持着感情租了房子一起奋斗。这本来是挺好的事儿，苦虽说苦，但方向上挺积极的。可女方家这边不愿意姑娘在外漂泊，催促着她回家工作。

这姑娘想着说让男的跟她一块儿回去，可男的说我这儿事业刚起步，能不能让你家人等等。但是女方那边也有自己的考虑，在当地都给姑娘安排好了一个挺不错的职位。就因为这个，两人吵了一架，姑娘一气之下回了家，就此两人分手再没联系。

姑娘回家待了一段时间，觉得不适合这工作，也舍不得那个小伙儿，于是又回了北京。可两人已经分手了，小伙儿把电话、QQ 什么都给换了，周围的同学朋友也不清楚他的消息。

姑娘也试了很多种办法，都没什么用，这都是四五年前的事儿了，姑娘也渐渐放弃希望了。今晚也是邪门儿，整理完案卷，她就上网刷了会儿微博，结果在一个朋友转发的微博那里把小伙儿给找到了。

周围上了年纪的女律师说："这是好事儿啊，干吗哭？"

姑娘说："他都要结婚了。"

周围人一阵叹息。

我说："那就别看了吧，看了难受。"

她点点头说："是。"可是她就是控制不住自己，还是从第一条一直翻到了最后一条，看着他从最开始难受痛苦到慢慢习惯，再到喜欢上新的人。看一条，肝肠就断一寸，像拿刀割一样地疼。

说着说着，姑娘止住了哭，一个人坐椅子上低着头。

"那网名还是我以前给他取的，"她说，"没想到现在他又用了。"

我问她："数年后如果你再次看到这个名字，你是不是还会像今天一样痛痛快快地哭？"她说："不是，这几个字组合在一起，刺进眼睛里，冲进耳朵里，但绝对不会再泛出几滴泪花了。不是故作悲壮地坚强，而是身体里在淌雨，不是泪如雨下，是雨如泪下，下成傻子一样发现自己还喜欢他。”

她说得很文艺，却不像舞台剧里的女主角那样梨花带雨。

眼睛通红，鼻涕眼泪的痕迹还很明显，只剩下狼狈。

这个姑娘已经二十八了，一直单身。

情侣之间都不会直呼其名，太俗！这名字同学能喊老师能喊同事能喊领导能喊，还怎么体现出两人关系不一般？所以都是给对方起个亲昵点儿的，专属于自己的称呼。不过太大众的也不行，什么亲爱的小乖乖，早过时了。还是你叫扎西我叫卓玛、你叫坡姐我叫闰土这种类型的好，全世界都找不到第二个人能配合着喊出这名儿来。

不过这都是人生赢家的权利，单身汉也就眼巴巴瞧着人家秀恩爱，心里念叨着分得快。

像我这种人都是在自己势力范围内取名，我原来养了一盆儿植物，开了两朵小花，我给它们分别命名为老奥、老普，每天到了晚上七点半就去浇水，顺便向它们汇报一下国内外发生的大事儿。

估计是我给它们念的新闻联播内容太多了，这两兄弟不久就壮烈凋零。我后来在小区的绿地里找了块儿风水宝地，给它们埋了。落红不是无情物，化作春泥更护花，我想两位大哥也会理解我的良苦用心的。

我还养过一只黑狗，不过我给它起名叫小白，估计一般人很难遇到像我这么创意与二货并存的天才起名家了。

那条狗是我和朋友一起养的。

当然，那朋友是女的。

我这人比较懒，家里人又经常不在，所以小白跟着我受了不少罪。有一次几个朋友约着来我家玩儿，那姑娘也在其中，我提前打电话说给带个鸡腿儿，我都好几天没见着荤腥了。结果那姑娘刚进屋，就被小白一个恶狗扑食撞入怀里，连人带鸡腿躺倒在沙发上。

小白一口叼着鸡腿儿，撒欢儿跑了。

当时我就怒从心头起，恶向胆边生，抄起拖鞋向那天杀的狗贼追去。

那姑娘一下拦住我说："你瞅瞅你家的狗，都饿成什么样了，你好意思跟它抢食？"

我一瞅小白同志，确实和之前威猛霸气直追藏獒的形象差得有点儿大，也就悻悻地把拖鞋放下了。小白躲在阳台，一边吃鸡腿儿一边探头瞅我，气得我牙根儿痒痒，小王八蛋，不知道给我留口！

"要不我帮你养吧？"姑娘说。

啥？我把视线从小白那儿收回来，盯着姑娘。

她看着我笑，眼睛弯弯的，漂亮极了。

“一三五你养，二四六我养？”姑娘问我。

我琢磨一下，下意识地说：“怎么和养儿子似的。”

呸！姑娘脸红了一下，说：“那就都归我养，你要是想小白了，就来我家看它。”

我假装犹豫了一下，摆出一副思索的神情，姑娘紧张地看着我。

然后我勉为其难地点点头，当天就让姑娘把小白带走了。

临走的时候，小白舒舒服服地拿头蹭着姑娘的腿，我真想冲上去抽它两耳光，这事儿我就只敢想想，你竟然真的成功了！？

姑娘牵着小白，朝我挥手说：“欢迎你来我家看小白。”

小白贼兮兮地吐着舌头，这只蠢狗！

那姑娘爸妈都是南方人，所以她说话的口音听起来也有些奇特，我估摸着是从小受语言环境的影响。我俩是高中同学，在班上，她喊我名字的时候就和别人不一样，老像是有人拖着她舌头。因为她对我名字中间的“正”字发音不标准，z 和 zh 不分，我就总是嘲笑她。后来那姑娘发奋学习普通话，终于改了口音，不过喊我名字的时候，读那个“正”字总是特别重，瞪着眼睛张着嘴巴，露着小虎牙，像是要狠狠地从我身上咬下一块肉来。

姑娘好像挺喜欢小白的，把这家伙养得膘肥体壮，我去看它的时候差点儿就不认识了。这厮躺在门口，肚皮向上，姑娘给它挠痒痒，看得我那个羡慕啊！大哥，咱俩换换成吗？

我觍着脸邀请姑娘牵着小白出去遛弯儿。

晚上的路灯有些昏暗，风吹着树叶沙沙响，小白在前面一个劲儿地跑，很有不当电灯泡的自觉。姑娘拽着绳子，小脸儿憋得通红，想止住疯癫的小白。

我说："撒手吧，小白就这尿样，你让它跑一阵儿，它自己会回来。"

姑娘半信半疑地松开手，小白化作一道黑色的闪电，扑向了前面一位老太太牵着的漂亮小母狗。我赶紧拿手捂住姑娘的眼睛，让她别看。她问："遮着眼睛干吗啊？"我说："小白正在演少儿不宜的小电影，咱俩可不能被污染了纯洁的心灵。"

姑娘啐了一口："真是什么主人什么狗。"

我说："这位小同志，你可不要血口喷人啊！我这人长这么大，连姑娘的手都还没拉过。"

姑娘斜眼瞅我，问我："你怎么想着给一黑狗起这名字啊？"

我说："这不才显得特殊嘛！要不我也给你起一名儿得了，你瞧你这瘦得和柴火棍儿似的，尖嘴猴腮，我就赐你法号悟空吧！"

我金鸡独立，双臂上抬，双手做捧举状，对着姑娘一声大喝：

“我叫你一声孙悟空你敢答应吗？”

姑娘踹了我一脚，叉着腰说：“姑奶奶在此。”

我单腿儿保持平衡本来就不容易，她这么碰我一下，我立刻就躺倒在地了。

小白本来正在行那苟且之事，一扭头看见我摔了一跤，竟然没有见色忘义，它丢下身下的妹子狗，如风一般向我跑来，龇牙咧嘴地朝着姑娘。

眼见小白头一次这么护主，我眼泪都快感动出来了，但又怕小白真的伤了姑娘，刚想着喝住小白，就见姑娘拿手指点着小白说：“还想不想吃鸡腿儿了？坐下！”

小白吐着舌头，吭哧吭哧地蹲在我的身前，根本不再看我一眼。

嘿！你小子革命意志也太不坚定了吧，鸡腿就把你收买了？我朝着小白挥拳头，它扭脸儿朝我汪汪两声，又奔着它的妹子狗去了。

姑娘拿脚尖儿碰了碰我，低着头说：“再过些日子就要去南方读书了。”

我拍拍屁股上的灰，站起身，对她说：“没事儿，我会去看你的。”

她听到我的话，抬着头，眼睛在灯光下闪闪发光。

我说："我能抱抱你吗？"

这话刚出口，脸上就臊得发烫，我知道自己这张老脸肯定发红。

她没说话，只是悄悄向前走了一步。

这已经是五六年前的事儿了，我还记得她的头发带着些淡淡的香气，很好闻。

在她去了南方以后，我把她的 QQ 昵称改成了"孙悟空"。

从北京到南方那座城市的路程不算近，我一般都是坐夜车过去，撑一个晚上，第二天上午就到了。我的朋友唐大夫说，形容异地恋最好的一句歌词是"我为你翻山越岭，却无心看风景"。列车咣当，我就是穷学生一个，为了省那么几十块钱，选的硬座。车厢里塞满了人，有的打牌有的打呼，还有人用手机放着凤凰传奇的歌。

我却只剩满心欢喜，满满都是要见到她的欢喜。

她一般都会在车站接我，我拖着步子，一身臭汗，抱着她，她也不会嫌弃。

我说："孙悟空同志，你来了，这真经没取着，倒是让我这白面如玉的唐僧累个半死。"

姑娘只是看着我笑，帮我擦汗。

她问我："小白还好吧？"

我说："那小子满院子祸害小母狗呢，就等你放假了回去好好教育它。"

姑娘说："可得把它看好了，别让它瞎跑，万一跑丢了怎么办？"

我嬉皮笑脸说："不会，那小子懂事儿，像我一样，有了牵挂，心就跑不丢。"

她白我一眼，说："德行！"

异地不易。

我们分分合合，坚持了三年。

最后一次吵架，冷战了半个月，我想主动和好，给她发 QQ 信息，说："孙悟空同志，咱俩还是再坚持坚持吧，我觉得天竺就快到了。"

等了很久，那边回复一句："你是哪位，这是我女朋友的号。"

我开始觉得那是她逗我玩儿，又说了几句，那边直接开骂，把我拉黑了。后来有同考去那学校的朋友说，确实是真的。那一瞬间我有种孙悟空被压在五指山下的绝望，唐僧被抓进女儿国和国王洞房的焦急，猪八戒告别高老庄的失落。

后来，我还是没把小白看好，一次带它出去遛弯儿，它追着小母狗跑了，再没回来。再后来，我在苹果园的路边见着一只流浪狗，它正在垃圾桶那儿刨食，全身脏兮兮的，长得很像小白。

我喊它，小白。

它没有回头。

我想，那一定不是我家小白，小白是我给它取的名字，我喊它，它一定会答应的。

对了，我好像也在鼓楼见过一次那位南方姑娘。

或许是她，侧脸很像，背影也很像，眉毛眼睛鼻子都一样。

我呆呆地、远远地看着她走。

我突然大声地喊："我叫你一声孙悟空，你敢答应吗？"

一旁的人看着我，像看个傻子。

她没有回头，挽着身边的小伙子继续向前走。

我想，那一定不是我的南方姑娘，孙悟空是我给她取的名字，我喊她，她一定会答应的。

地铁动物

这里是华北平原的北部，背靠燕山，西南有永定河缓缓流过，钢筋水泥构筑的丛林在平坦的地面上延伸拓展。在疲乏无质的短暂一夜中，群居在城市中的动物一直蜷缩在自己的被褥之下，直到黎明发出召唤，他们终于又显现出了身影。早晨六点，天空已经透出了光亮，

在过去的几个小时里，这些动物一直沉睡着，没有吃任何东西。当他们醒来，从自己的巢穴中缓步而出时，都不约而同地测试了一下洞穴外的空气，以感知其中那些危险的气息。北方的空气还有些微凉意，带着二手红梅味道。依然还是熟悉的嗅觉体验，强烈的阳光令他们有些目眩，这些动物十分费劲地离开了自己的居所，是出发的时候了。

走在最前的是一个雄性，他刚出生时，仅有半磅，但现在他的体重已经达到了198.237855磅，用这座城市的通用表达，也就

是 180 斤。熬夜、不规律的睡眠、酗酒、快餐，这些都是他发胖的诱因。

尽管此时阳光明媚，街道上却弥漫着一种令人难以信赖的氛围，因为这是一个危机四伏的世界。大部分的动物都无法在街道上补充到食物，他们被自己同胞围成的墙壁挡在了外面，只有少数身手敏捷或者膀阔腰圆之辈可以达成目标，获得一屉包子或者两根油条。成功者自然可以沾沾自喜，而失败者的命运则要显得十分惨痛，在接下来的几个小时里，他们只能用苦味的咖啡填充自己可怜的胃部。

这个雄性依仗着自己的体形，抢得了两个油饼和一个茶叶蛋，但他并没有停下自己的脚步，因为他知道很快自己将会面临更加严峻的考验。在前行了数百米后，雄性走进了一个闪烁着冰冷金属色的铁笼子里，他即将接受安全检查。

在他身前的，是一个散发着香水与迷人气味的雌性，身材窈窕，前凸后翘，雄性很快意识到自己已经有三个月的时间没有交配了，但他迅速打消了这个念头，因为在接下来的几十分钟乃至几个小时里，他和她就要消散在这个庞大城市的角落之中。

挤压，刷卡，再次挤压，不能奔跑，只能被动向前，被身后的人潮推着向前，然后疯了似的冲进车厢里，关门。

手挨着头，脚踩着脚，脸贴着门，不知道谁摸了谁的屁股，不知道谁掏了谁的钱包。

这群动物，终于找到了自己的归宿，终于来到了城市的地下。

地铁，一个奇妙的地方，如同穴居动物自行挖掘的隧道，这座城市的动物们也必须依靠它才能通行。

在这里，能看到鸡飞狗跳猫走猴攀双兔傍地走般的动物世界。从阜成门上，拎着电脑戴着眼镜西装革履的金融人士缓声交谈。向国图、海淀黄庄而行，4 号线之北，则是睡眼蒙眬带着青涩的读书郎。从北京西站下的纷纷涌出的外乡人，风尘仆仆而又格格不入。2 号线上挂着吉他卖唱的艺人，1 号线上坐在滑动板凳上乞讨的残疾人，从四惠东登入、转战西直门的散发小广告的人，以及永远忙碌永远疲惫的上班族。

假如未来突然遭到灭顶之灾，所有人消亡，想必地铁一定会成为新一代智慧生物研究的重点所在。他们会好奇这些黑咕隆咚的隧道和涂着颜色的金属盒子到底有何用处，他们会好奇那些直立行走的生命为什么要钻到这个里面。

年复一年，日复一日，寄生于此的“地铁动物”，从未改变。

一、鼠与流浪汉

1 号线的车厢里一直充斥着难以形容的味道，汗臭、香水、胳肢窝的狐臭、大蒜辣椒葱花的油烟气，封闭的金属将所有味道拧成了一股绳儿，拴在每个人的身上，挣脱不开。尽管连挪步都有困难，可走廊里的人们依然艰难地让开狭小的空间，因为那些趴在地铁过道上，用平板滑轮车支撑身体的乞讨者，在咕噜噜的声响里缓慢向前，他们高举着搪瓷缸，希冀人们打赏几块钱。

但人们依然躲避着，悄然移开自己的目光。

肮脏的手握着白色的搪瓷缸，那上面印着“大海航行靠舵手，万物生长靠太阳”。

“像不像耗子？”

老赵压低声音问我。

他说话的声音还带着些喘气儿，一分钟前老赵刚刚抢到一个座位，那是场激烈的厮杀，三个公务员模样的男人、一个五十多岁的女人、两个年轻情侣以及老赵，都盯紧了那一个位置。

好在老赵膘肥体壮，一个箭步迈过去，然后轰然倒下，犹如强拆下的房屋。

“什么耗子？”我弯着腰问他，屁股不小心顶着那位五十出头的妇女同志，她拿眼角剜了我一眼，嘴唇开合，像是默默啐了一句“流氓。”

“这些要饭的！哪儿哪儿都有他们，像耗子一样。”老赵一边擦着汗，一边说道。

“咱们车厢里，这都是耗子！”

老赵伸出手指头儿，点着人头，声音难免也提高了些。

我赶紧踢了他一脚，这种犯众怒的事儿，可不能大声嚷嚷。

但老赵是个猪油心眼儿，大剌剌一坐，就自顾自个儿嘴上痛快了。

“有些，是本地耗子，比如我。大部分是外来耗子，比如他们。”老赵嘿嘿一笑，粗眉一抖，对我说道，“这耗子，都愿意往有油水儿的地方去，有残羹剩饭的餐馆后厨，装着剩余吃食的垃圾桶，还有伟大祖国的首都，这都是耗子们愿意来的地方。”

我说 :“老赵同志，托物言志是不对的，还好我是熟悉你的人，要是不知道，这话指不定就被解读成极端排外，说你变着法儿的拿耗子骂人了。”

老赵摇摇头说 :“我就是吃这碗饭的，专门研究啮齿目，我看谁都像耗子，我有什么办法？”

“我跟你说吧，最常见的家鼠，性情粗暴，经常因为地盘以及配偶打架。你瞧，是不是和人特像？”

“车厢里这些耗子，包括我，不也这样？”

“你知道么，远洋的货轮，经常有这种耗子出没，假如碰上暴风雨，船快沉了，它们就会爬上碎裂的木板，随波逐流。但最有意思的是，一块木板，哪怕地方足够大，也只有一只耗子。但凡有同类从海水里游来，这些家伙就龇牙咧嘴，站在板子上威胁同类不准靠近，浑然忘了自己之前也差点儿葬身海底。”

“和咱们这地铁是一个道理，还没挤上来的时候，嘴里都不干不净骂着，让里面的人赶紧腾出地方，一旦进来了，恨不得车门立马关上。”

踏上这块板，立马变心眼儿。

相声里这话，说得可不假，往小了说这是耗子的毛病，往大了说，比如教育比如医疗，你到底抨击特权呢，还是自个儿想有特权？

老赵嘴巴一闭，两眼弯弯，带着笑，这话就此打住。

月初，曾经有过好感的姑娘从美国回来，带着她的男朋友。我和几个曾经的同学约好，与他们见面，一起吃饭。

在前往阜成门的地铁上，姑娘比画着说纽约地铁一到晚上就有很多老鼠到处乱窜，还有人传言说老鼠的个头儿特别大，有的甚至能有人半个手臂长，有时候地铁的流浪汉会逮住，烤了吃。

我拉着地铁的栏杆，觉得还是社会主义好。

咱们首都的地铁就很少见到老鼠，而且就算有也不怕，因为流浪汉比老鼠多多了，万一真逮住一只，还不够分的。

我在地铁的过道里见过许许多多的流浪汉，有坏了身体的某部分所以要钱要饭的，有表演才艺换取观众金钱的，有单纯坐在地上低垂着头的，衣衫褴褛，面目不辨。

等到地铁停运，关灯关门的时候，他们就缓慢地走出地铁站，搂抱着身子躲藏在站外的垂廊下，和夜色融为一体。

我不知道有没有人干过什么出格或者说匪夷所思的事情。

至少我是做过的，酒精是一个好东西，它能让一个普通人变成行为怪诞的街头艺术家。

在大钟寺喝完酒之后的夜晚十一点，我走到地铁站前，坐下。

和一个流浪汉一起。

日本称之为街友，英美称之为 wanderer 或者 homeless，我国称为流浪汉。

他盯着我，我盯着他，像是狭路相逢的两只野狼。

在沉默了一会儿，又抽了一支烟的情况下，我主动开了口，问他打哪儿来。他说自己是西北人，本来是做手艺，后来在昌平安家。再后来因为老板跑了，又遇上火灾，不得已出来讨生活。他说看不起那些假装残疾或者抱着孩子要饭的，那是骗人。他只是暂时混一个温饱，等情况好转，总能回归正途的。

他教我用报纸垫在衣服里，说这样晚上能御寒。

另外地上得铺上纸箱子，要不然寒气会顺着衣服窜进来，一晚上人就冰了。

他问我：“你不是有毛病吧，怎么想着和我说话？”

我说：“我就想知道这地躺着到底凉不凉。”

“凉吗？”他笑着问我。

我说：“真凉。”

他说：“嘿嘿，球。”

出版社的徐哥要回家了，我去送他，主要是东西太多，我帮着拎包儿。

从蓟门桥转往北京西站。

正值年关，到处都是大包小包回家的人，大家堵在地铁站口，进退两难。

摩肩接踵，汗臭熏人。

徐哥在北京已经待了二十多年，当初那口吴侬软语，到现在张口就是“你丫再加塞儿，信不信我大嘴巴抽你”。

在呛呛了几分钟后，徐哥拨出一个电话，此时他终于摆脱了以往的形象，重新归于南方人的糯软。

打完电话，他对我说，每次和爸妈讲电话的时候，才找回点儿家的感觉，在这儿哪怕待再久，都觉得不是那么回事。

“失去熟悉的乡音，沦为文化的异种。”

这是我送给他的评语。

后来我把这事儿和老赵说，老赵说："别矫情了，我也找不到家的感觉，满大街连个儿化音标准的都找不出来，这儿可是北京！"

这事儿没法儿说，老赵闹不明白，徐哥闹不明白，我也闹不明白。把他乡当故乡，把故乡当他乡，大家都是散居的流浪汉，大家都是抱着木板漂在海上的耗子。

二、门头沟的熊

挤地铁是一项技术活儿，讲求眼疾手快身随心至。地铁开门那一刹那，就得用余光瞄着哪儿有空位、哪儿能塞人。之后抬臂伸展，呈扩胸运动状，将两侧的人推挤开。然后迈步前冲，利用惯性撞进门内。三秒钟内迅速调整身体姿态，以手攀住栏杆，用脚踩住地面，大有你就是拿机关枪把我突突死，小爷也不撒手的壮志情怀。

另外脸皮得厚，挤地铁难免磕磕碰碰，哪怕不小心踩了人家一脚，或者因为自己的原因让后面那位上不了车，也不能脸红。

但也得分人，像我这种，挤地铁难免吃亏。

刘鹏就不一样，老刘这厮身高过一米八，小腿有我大腿粗，浓眉豹眼，两鬓有黑须，无论三伏还是数九都穿单衣，衬衫扣解开，露出胸口。站在地铁口，左右瞧瞧，跟直立起来的黑熊一样，车门一开，左右手掌已扒拉，全都人仰马翻。

所以我喜欢跟他一起坐地铁，安全！

坐 948 路转 1 号线，再倒 2 号线，时长两个小时，从门头沟到北航。

这是刘鹏的日常行程，从生活地到工作地。

而现在，他每到下班以后，还要从西往东，横跨半个北京城，去看望他的女朋友。

用老刘自己的话说，感觉像是活在地铁上。

我没想过刘鹏同志会恋爱，正如我没想到他认识自己的生命问题会如此深刻。

我和刘鹏认识很久了，他从小就是一浑蛋，思维神经和肌肉纤维一样发达。上小学，老师问小朋友们，给你一块蛋糕，只允许切两刀，但是要把蛋糕分给三个小朋友，你会怎么做？

不用想，老刘的回答一定是先一刀砍死一个，然后再把蛋糕对半。

另外老刘语文水准极低，让他随机作诗，一定是“一根大树杈，哎呀我的妈”这种级别的。所以就连他当初给姑娘的情书，都是我代笔。

刘鹏的女朋友是他的同学，一个来自江浙地区的温柔姑娘，按照老刘自己的话说，像是一只洁白的小白兔。

我说，你都用洁白了，后面就别再加“白”字了。

老刘摇头，双重语句，说这是强调她的纯洁无瑕。我和她在一起，就是狗熊和小白兔的爱情。

所以每次我瞅见老刘和他女友在一起，总想起那条恶俗的笑话：熊问小白兔你掉毛吗，小白兔说不掉，熊又问你毛那么干净，脏了怎么办，小白兔说没事，洗洗就好，然后熊就拿它擦起了屁股……

但老刘对那姑娘是真喜欢。

冬天的时候，大概是十二月初，早上五点四十，老刘突然给我打电话，问我某某附近有没有二十四小时药店。

我正睡得迷糊，问他一大早打电话干吗。

那边传来嘟噜嘟噜的摩托声，老刘说自己正在电驴子上，从门头沟往地铁站赶，姑娘发了高烧，室友也不在，无人照料，所以他就得出动了。

“好钢用在刀刃上，这时候不就是大老爷们儿该出手的时候吗！”

电话那端传来老刘的声音，带着颤音。

我想象着巨大的身躯堆在一辆小电驴子上，一只熊正向地铁进发，有些猛士的豪壮。

当我后来坐在地铁上，与老刘说起这件事的时候，他面无表情。

晚上十点的夜车，空旷的车厢里，只有低头摆弄手机的乘客和酒醉的人。

告别了校园生活的熊和小白兔，各自有了各自的生活。老刘选择了工作，而他的女友选择读书。正如刘鹏自己所说的一样，他的生活大部分都在奔波。高强度的来回容易让人疲劳，百米冲刺对于很多人来说简单至极，但百米折返就消耗巨大，爱情也这样。

老刘发短信告诉我说，总感觉有哪里不对头，但自己又说不上来。

“她问我是不是北京农村户口，我说是，问她，你怎么知道的？她说她爸爸专门去查了一下。”

“她说是想到我家里来看看。”

我回复老刘说：“好，带她去瞧瞧呗，你们都谈了这么长时间了，正好见一见父母。”

下定决心的老刘牵着姑娘的手，走进了地铁站。他伸展胳膊，像是领地里直立而起的狗熊，驱赶开拥挤的人群，保护着自己身后的小白兔。

手心里都是汗，这是老刘后来的描述。

几经周转，耗费了两个小时，老刘终于带着姑娘到了自己的家。

那时候他家还是平房，一共三个敞间，看上去确实有些乡土气息。老刘的爸妈早早准备好了午饭，但北方口味或许不适合南方的姑娘，小白兔只是稍稍吃了几口，就停了筷子。

她爱吃素。

老刘是这么解释的。

吃完饭，随便聊聊，姑娘说要走。

刘鹏去送，这一回，姑娘没有再让牵手。

再然后的几个月，老刘再没有过横跨北京城的地铁之旅。

姑娘说了："这么来来回回，你很累，但我比你更累。我想要的生活，你给不了。更可靠，更舒适，至少不用每天上下班的时候站一两个小时的地铁，你自己好好过吧，不用再找我了。"

老刘问我："姑娘这话是什么意思？"

我说："意思就是说她不想再和你好了。"

"为啥？"老刘接着问。

我想了想，告诉老刘："或许是因为你带她坐了一趟地铁，去了你家，这事儿怪我，是我怂恿你带她去的。"

老刘摇头，地铁口的排风把他的头发吹得呼呼作响，像是大兴安岭的风吹着黑熊的毛儿。

时隔几个月后，老刘带我去了他的新家。

他在门头沟的熊窝拆了，新家是刚建的，距离地铁很近，走二十分钟就到了。进小区，开门锁，上电梯，最后停在十一层。

出了电梯，一层就五户。

我问老刘："你家是哪一户？"

老刘说："这都是我家，原来的房子占地多。"

老刘的爹妈招待我吃的饭，还用的他们家的旧桌子，那家具使了十来年了，黑面透着光，拿塑料布铺了一层，结实耐用。

老刘说当时姑娘吃饭也用这桌子，她嫌脏，专门垫了好几层卫生纸。

我问老刘："和她还有联系吗？"

老刘说："我没联系她，但她联系我了，好像是听说我搬家了，给我发了短信。"

我瞧了一眼手机："亲，在吗？"

老刘送我回家，到地铁站。

他指着地铁说："这儿姑娘这么多，可没一个属于我。"

我说："房子都有了，姑娘一定会有的。"

老刘嘿嘿笑说：“没房子的时候，姑娘看不上，有房子了，又不知道姑娘到底是看上我还是看上房子了。”

我知道这年头已经不流行说什么一起奋斗，更不流行男女朋友一起奋斗了，但老刘的意思，我理解。

吃饭的时候喝了不少酒，老刘往回走，脚下拌蒜，踉踉跄跄。

冬天过去，春天来临，那只熊苏醒，却发现外面的世界自己已经不熟悉了。

三、马大友在 4 号线

地铁上贼多。

一般来说这些偷儿下手都是在两个时候。

一个是乘客正要上车的时候，趁着大家拥挤不堪人仰马翻的时候，赶紧出手，并二指入兜儿，轻轻一掏，神不知鬼不觉。被偷的人还可劲儿往前挤呢，等人上车了，想看手机，一摸，没了。

还有就是在车上动手，但这个危险性比较大，所以一般也是趁着上下车厢的时候，趁人不备，偷了就跑，要不然待的时间越久越有被抓的可能。不过说实话，敢在车上动手的，还是憨胆大。马大友讲过一事儿，说是亲眼所见，一小偷儿摸了兜，结果被发现，恰好地铁到站，于是小偷儿三步并作两步就往门口窜。

后来又被进地铁的人潮挤进来了……

“我跟你说，这但凡坐地铁，一上车整个人都蔫儿了。你想想，挤地铁，这多累啊！所以呀，你要是瞧见上了车还四下乱瞄，眼睛滴溜溜转的，那保不齐就是一偷儿。”

“拎一个手包，别在胳肢窝里，手也塞在那儿，然后手随包动，手是主要，包是掩护。”

马大友醉醺醺地对我说。

我问他：“你怎么知道得这么清楚。”

老马同志大着舌头对我说：“来自于生活的观察，我家就住 4 号线的边儿上，出门回家都得坐地铁，瞅得多了就有了简单的经验总结。”

“我呀，真抓过小偷儿，就在地铁上！”

不是吹牛吧？我有些怀疑，瞧着他那红光满面的样子，我极度怀疑这又是喝大了瞎扯淡。

马大友笑笑，手攥住车厢里的栏杆，两条大长腿咔咔迈步，一圈儿又一圈儿，绕着转，如同蒙住眼拉磨的驴。

“我要给你表演劈叉。”老马同志朝我笑着说道。

这明显是真喝多了。

还好晚上的地铁没那么多人，就这已经吸引了零散乘客的注意力了，邻近有一长相甜美的姑娘瞅着我俩一个劲儿发笑。

“行行，咱回家了劈行不行？”

“不行！”马大友梗着脖子，青筋直冒。

“我练过！你知道吗？原本我这身功夫都在腿上！手是两扇门，全靠腿打人！见着人近前，先是垫虚步，然后侧踢小腿，长踢腰胯裆，一下，人准飞了不可！”

“就我们学校社团那群练跆拳道的尿货，小爷一个鞭腿，连护垫带人都飞墙那边去！”

我正听着马大友瞎胡吹，结果一个不注意，扑哧一声，他真劈下去了。

两腿成了一条线，唰的一声整个人就矮下去了。

“这下真信了吧？”

他问我。

“信信信。”我赶紧点头，“大哥你快起来行吗？”

“我又碰着伤了，”马大友喊着，“你扶我一把！”

“伤？怎么回事儿？”我一边搀着他，一边问道。

马大友吐出一口酒气对我说：“原来被人拿刀捅的，就是抓了小偷以后。那是 2011 年的事儿，我坐地铁出门，正好碰见有小偷儿摸包，我这人暴脾气，你又不是不知道，这事儿能忍？我冲上去啪啪俩嘴巴，把东西夺下来了。”

“那小偷后来下车，我也正好那一站，也下了。本以为这事儿完了，谁承想，他还有同伙，出地铁口以后我就被盯上了，等我走到街拐角，有一人蹿上来，照我腰就是一刀，还好老子闪得快，这一下正好刺在屁股上。”

“伤倒是没什么伤，就是从此以后落下病根儿，腿一使劲儿屁股就疼。”

“你不信？”马大友瞪着眼睛看我。

他把屁股冲我一撅，大声喊道：“你扒我裤子看，伤疤还在呢！”

我的哥！这还在地铁上呢！

抓小偷这事儿说完，我把马大友送回家，终于阻止了他当众脱裤子的举动。

又过了几天，马大友打电话，说要报答我没让他出洋相之恩，专程邀我一起去吃羊肉串儿。

北京的夏天燥热异常，尽管地铁站里有空调设备，可憋闷的热气儿还是往毛孔里钻。我和马大友挤在人堆儿里，昏昏欲睡。

突然马大友拿胳膊捣了我一下。

“佛爷！”（北京黑话，小偷儿的代称为佛爷）

我打了个激灵。

“哪儿呢！”我赶紧压低声音问道。

马大友悄悄伸出指头，点着身前两米处站着的一人。

那家伙垂着肩膀，大热天还穿着一件罩衫，长发，前额的发梢都到鼻梁了。

“瞧那动作，左侧的衣服敞开，这是在给右手动作打掩护呢！瞧见被偷的人了吗？前面那位大姐，就是手里拿着病历的那个。”

“呸，真是王八蛋！”马大友低声骂了一句。

“管管？”我问道。

“别急，拿人拿赃，等他动手了咱们再上也不迟。快到站了，大姐估计是要去积水潭的门诊部，咱们跟上去。”

地铁缓缓到站，之前的偷儿和拿病历的大姐都下了车。

马大友和我也悄悄跟了出去。

这时候马大友又拽了一下我的衣服。

“一共两人，看到了么，都缀在后头盯着呢，这是看上人家看病的钱了！不到手不罢休啊！”

“要动手了！”

我瞧见那两人越靠越近，有一人左右瞄瞄，终于伸了胳膊。

说时迟那时快，马大友已经不见了！

只听见风声呼呼，像是蘸满水的鞭子唰的一声在空中抖动，马大友的长腿已经伸了出去，一个人呈“弓”字形飞了出去。

还有一人愣住了，然后猛扑。

转身，又是一腿。

脚背正踹在裆下，立仆。

再瞧大友，立正站直，双手背后，摆出一副高手的姿态。

“大友！”我连忙喊着也冲了过去。

向围观群众和那拿着病历的大姐解释了事情缘由，大友接受了广大人民群众的表扬，这小子仰着脸，一副云淡风轻的样子。

“你不是说屁股疼，不能再动腿了吗？”

“嗨，一着急，我把这茬儿都给忘了。”大友解释道。

“那就快走吧，还站着干吗，等着给你发奖牌啊！”

“不是，”大友有点儿面色尴尬地低声对我说，“出了点儿状况。”

“怎么回事儿？屁股疼？”我问。

大友瞧瞧左右，压低嗓门对我说：“屁股倒是不太疼了，就是刚刚太使劲儿，裤子破了……”

那天晚上吃饭，我问大友：“都被人捅过刀子了，怎么还继续抓小偷儿，不怕再被捅？”

大友笑笑，说：“总有人出头才行，再说了这帮孙子太不讲规矩！原来的时候，佛爷绝对不动病人的钱，因为这是救命的，现在连江湖道义都不讲了！我就是瞧不惯，这年头，谁都不愿意做英雄，但小爷就愿意，小爷不怕！”

六月份的时候，北京地铁出现了事故，因为有人在地铁里打架，被谣传成恐怖袭击，一众乘客跑得鞋都掉了，磕伤碰伤的更不在少数。

马大友听了这消息，专门给我打了个电话。

“你说，这时候，如果有老爷们儿站出来，说大家不要慌，事情我来解决，是不是就好多了？可偏偏没人干！”

“要我说啊，现在是钱太多，英雄太少了。”

我问大友：“要你在，你就站出来？”

那边传来啪的一声，应该是马大友拍了一下大腿。

“你说得太对喽。”

那天马大友站在4号线的地铁口为我朗诵了俞心樵的诗歌《渴望英雄》。

“多少年没有英雄了，我多么想你，想你从青青的草原，想你从血的黄昏，飞马而来……”

来一场说走就走的爱情

2012 年 7 月 21 日，北京暴雨。

我从法大研院下课，先是在公交车站里泡了大半个小时，好不容易上了车，等到了老虎庙那一站下车，水已经淹到了我的大腿根儿。等我游回宿舍，内裤里已经可以养好几条金鱼了。踏进宿舍门，我整个人都瘫了，但还强打着精神站了起来，当务之急是好好去冲个澡。于是我脱了上衣，又拽下自己都烂成一摊泥的裤子，认真看着自己的小蛇。还好它没被泡坏。

就在这个时候，老段给我发了一条短信。

老段是我高中时期的好友，也在北京上学，他在昌平，而我在海淀。

虽说我们关系好，但是这孙子轻易不给我发短信，上一条短信还是追溯到三个月前的那条："有片儿没？给爹传一个来。"

但是这一次的短信比较奇怪。

"出来喝酒吧，我到你学校了。"

我赤条条地晃悠着胯下的小蛇，站在男生公寓十二楼的窗台前，看着外面的雨点像是亿万颗手榴弹狠狠地砸在窗户上。这么大的雨，他从昌平跑到海淀来找我喝酒？我觉得他肯定是闲得无聊在玩弄我的智商，于是回了他一个“傻子，你以为我信啊”，之后我光着屁股就跑到浴室洗澡了。

洗澡的时候内心还稍稍有些忐忑，他别真抽风来找我喝酒了。等我洗完澡回来，发现他没回短信，于是肯定这厮在忽悠我，就没再理会。等到十二点，躺床上睡觉，突然我的手机震了一下。

是老段发的。

“漫天皆雨，坐困愁城。”

我实在接受不了老段这么文艺的风格。因为他一向是以猥琐示人的。无论是在我看来，还是在其他人看来，老段都是货真价实的猥琐少年。不知道为什么，他的长相和猥琐没有半点儿关系，但是每次去酒吧喝酒，周围的姑娘被他逗得花枝乱颤，临了还要加一句：“你好猥琐啊！”

老段是吃火锅的时候，一定要告诉你金针菇的学名是see you tomorrow，再把英文名的来历讲解一遍，之后一脸坏笑地看着你，嘴里说：“快吃吧，趁热。”他的笑话都很有猥琐的调调，比如他和我们去酒吧，会问姑娘白雪公主掀起裙子，打一个碳酸饮料。等女汉子抢着回答雪碧的时候，他一定要挑一旁最羞涩最惴惴不安的妹子，盯着人家的眼睛，一字一顿地说道："是七喜。"

所以他发了这么文艺的短信过来，我一时震惊了，等过了几分钟慌忙给他回了一条"大哥你没事儿吧"。这一次他回得很快："明天再说。"

第二天中午我接到老段的电话，电话里他告诉我，他在宿舍楼下等着我一起去撮一顿。我坐电梯下去，老段一脸幽怨地看着我，一身衣服皱巴巴地贴在身上，老远就好像能闻到潮湿的霉味儿。我俩见面没有赘言，直奔学校门外的小餐馆。点完了菜，老段还单加了四瓶小二。

"我昨晚就来了。"老段说。

"哎，你真来了啊！"我惊诧地问。

"你这么大雨还跑过来，疯了？"

老段冷眼瞧着我，嘴里说着："老子昨天给你发短信，你也不下来。我自己一人喝个毛的酒啊，就缩旁边的宜家睡了一觉。"

讲到这里，他的脸色立刻猥琐起来："刚进去就收到小卡片了，哎哟。"

"喊小姐了？"

"哪儿敢啊！"老段咳咳几声，老脸一红。

"出息！"我恨铁不成钢地说道，"要是试了，记得汇报一下感想。"

“滚蛋，说正事儿呢。”

“有点儿事儿，没人能说，就想和你讲讲。”老段从兜里掏出黄鹤楼递给我一支，自己也抽了一根。

“你说。”

“我们分手了。”

老段和他女朋友是高中同学，两人好了挺久了。他女朋友我熟，个子不高，戴个眼镜，不丑，配老段那是绝对没问题。我一度还认为那姑娘能不嫌弃老段的猥琐，简直是丧心病狂，审美观差到了极点。那姑娘在上海，老段在北京，从大学就开始异地恋。中间已经分分合合挺长时间了，这一次他俩闹别扭我觉得也没啥好奇怪的，不知道老段发什么神经非要来找我喝酒。

菜上了，酒喝了，话就多了。

老段和我说这一次不一样，原来和他女朋友吵架，就算吵得再厉害，挨过一段时间也就好了。但是这一次吵架，闹分手，第二天姑娘就找了一个新男友。说到这儿，老段还激动起来，拿着筷子啷啷敲着桌子，周围一圈虎背熊腰的大哥都看着我们，我赶紧按住老段，问：“那你准备怎么办？”

老段晕晕乎乎地摇着头，说：“不知道。”

他一边吃着菜，一边喝着酒和我讲原来和女朋友在一起的事情，从高中一直讲到大学。

他和我讲高中时候自己每天从早饭钱里省一部分，给女朋友买酸奶，每天一瓶，雷打不动。他女朋友也不错，只要有条件，就从家里给他带饭，平时帮他收拾书桌都是小事儿。上大学，两人异地，老段每天都给女朋友发短信，早中晚各五条，有空就给姑娘打电话。老段的家庭条件一般，平时就从生活费里抠一点儿出来，慢慢攒着路费，等到长假的时候就北京上海来回跑。他怕花钱太多了，就坐硬座的慢车，一路上腰酸背疼浑身臭汗。圣诞节为了给姑娘惊喜，假装自己还在学校，其实偷偷带着礼物跑去姑娘学校了……

讲到后面，老段实在是喝多了，几乎是哼哼唧唧地说话。再到后来，直接趴桌子上不省人事了。

除了老段说，我其实也没少说话。

因为我问老段还想不想挽回这感情，老段在没倒下之前红着眼睛和我说，谁不想，都谈了五年了。可是她这……这又重新找一个。我安慰他说："说不定姑娘是骗你的。你要不再试试？"

"试试就试试吧。"

老段是这么回答的，在他意识还清醒的时候。

老段真试了。

他开始整理这五年来和他女朋友有关的任何东西。情书、互相送的礼物、短信，甚至还有高中时候传的小字条，很多东西他都装在自己那个空的德芙巧克力大盒子里。那是姑娘给他买的。

他开始每天认认真真给姑娘发短信，不多，就一条。但是每一条都挖空心思，短短几十个字都想半个小时。我问他为什么不多发一点儿，他说怕姑娘看了烦。

可惜，短信姑娘从来没回过。

老段挠挠头，说："原来再吵架，她都会回我短信的。"

就这么慢慢从七月熬到了九月初，老段在 QQ 上和我说："这么行动怕是没什么作用，还是得去看看情况，两个人面谈。"我说："好，但是万一你碰到自己女朋友和别的男的在一起怎么办？"

老段冷冷一笑，很有高人风范地说："你以为老子长这么大是吃素的，从小武当少年横行太保鱼肉相邻那是假的？李 ×× 在老子面前都要装孙子，你信不信？"

我拜服，大叫好汉饶命。

老段说道："俺老孙去也。"

之后老段就去了上海，但是只待了一天。

他发短信让我去车站接他，我看着他背着包，低着头从出站口出来。我兴冲冲地问他战果如何，他抬起头轻蔑地说道："简直是秋风扫落叶一般爽快啊！"

我狠狠捶了一下他的胸口，说："厉害啊！"

老段笑呵呵地说道："那是。"

自这一次接站，我和老段就好像又恢复了从前，很少联系。

直到 2012 年圣诞节的第二天。

老段给我发了一条短信：“兄弟，再来接我一趟。”

我看到老段的时候惊呆了，他的鼻梁上两道血痕，一边眼镜扭着，大冬天的半边袖子撸起来，上面缠着纱布。

“大哥，你是咋啦？遇到劫道的了？”

老段摆摆手，没直接回答我。我俩坐上车，一路上老段都是沉默的，不再说话。

我一直把他送到了昌平的学校，之后帮他拎着包到了宿舍楼下。我说：“兄弟，你这到底是怎么了？”他头也不回地对我说：“等我放了包，请你吃饭，你在这儿稍微等一下。”

老段的速度很快，等他下来的时候已经换了一身衣服，眼镜也换了一副。

“走吧，今天再喝点儿酒。”

老段领着我到了路边的一个小馆子，我俩对面而坐，我能很明显地感到他精神不振，但是他看着我还是嬉皮笑脸，装作毫不在意的样子。这一天他点了不少菜，也喝了不少酒。

一开始，我俩并没有多说，直到白酒下肚，老段才开始正题。

“我九月份过去，她就已经有男友了。我亲眼看到的。”

“哎哟，你那时候不是说自己秋风扫落叶吗？”

“我是阶级敌人被扫了好吗！”

“那你这次还去啥啊？”我问道。

“不是不甘心吗！”老段有些无奈地回答道，“我还是想试试看，我原来真是有精神洁癖的人，老觉得姑娘只要和我分了，再找其他男的，老子绝对不吃回头草。”

“可是我还是不舍得。我后来想，就算回头草，我也吃了。我是真舍不得。”

“我发现做梦都会梦到她，上课的时候想她，下课的时候想她，无聊的时候想她，看书的时候想她……”

“我每天给她发短信，当然她还是不回。”

“那你这是……”我试探地问道。

“我听说她和现在这个男朋友闹别扭了，我就想再给她好好过一个圣诞节，原来就答应过她，每年都和她一起过圣诞节。”老段撑着头，脸上和眼睛里都泛着红。

“哎哟，我从九月份就开始准备礼物，换了一批又一批。联系她学校的熟人，套取她每天的情报。”老段轻轻摇着头，一仰脖把酒喝了。

“你这不会是被她男朋友打的吧？”我皱着眉问老段。

“还没老子高，还能打我？”老段喘着粗气说道，“我去了，人家根本没闹矛盾。或者换句话说，就算有矛盾也早好了。我本来想着是不是趁着姑娘伤心，就让她再感动一回，偷偷摸摸带着礼物潜伏在那儿。正碰上她和她男友一起，我站台阶上怕她看到了，一转身就摔了。”

老段咬着牙齿，脸上笑的表情比哭还难看。

“特别猥琐，特别没种吧？”老段呼呼向外喘着酒气。

“你不用劝我，其实我也知道自己毛病不少。姑娘分了也就分了，只是执念重啊！我不甘心啊！”

“明明谈了那么久了，明明都说好了，我毕业之后，随她去哪儿都成。”

“真是失败。”

之后我和老段的联系又少了，我忙着考研，他也忙着自己的事情。

直到最近，到了2013年，天儿渐渐热起来，我们才又在网上聊起来。

他QQ上半天都是正在输入，可是过了很久才发来几个字。

“其实那些都不是真的。”

我气极反笑：“大哥，你又整歌词呢？是不是下一句说你其实不是个没有故事的女同学？”

老段打字说：“其实现实里哪儿有那么多好的爱情！”

我说：“老段，能把你这平凡的爱情故事写出来吗？”

老段在QQ里说：“兄弟啊，你想写就写吧。但是你写了，大家一定不爱看。”

我问：“为啥？”老段说：“你想啊，恋爱里的成功者都各有各的姿态，但是恋爱里的失败者都是同样一副模样。我就是千千万万个失恋老光棍中的一个。你说你写我的故事和写他们的故事有什么区别？”

“我们为什么喜欢听这些歌？为什么喜欢看这些故事？不就是因为我们其实并没有那么完美，没那么好，没有那么让人愉快的结局吗？你付出了很多，最终收获的不就是那些吗？考研的人那么多，最终考上的有几个？恋爱的人那么多，从一而终的又有谁？”

“当我们听歌的时候，我们看故事的时候，总是把自己代入其中。但是自己就是平凡啊！我老段就是个爱情里的失败者啊！道理我都懂，什么理想现实异地和距离，什么面包牛奶，但是输了就是输了。”

“所以我……所以我们才会羡慕故事里的不一样。”

我抖动了一下窗口说：“大哥，你怎么开始文艺了？”

老段回我：“你瞧老是有文艺小清新说要来一场说走就走的旅行，其实爱情才是啊！”

世间人的爱情大多都是挫折和失败构成的，一旦真的有一个人下了狠心，爱情说走才是真的就走了。

北大南门

我曾经固执地以为带着南北的名词一定具有沧桑的诗意，天南地北双飞客，老翅几回寒暑。直到我接触到北大南门、南菜场北区、北停车场南口、北京西站南广场东通道。

最后一个，诗意已趋化境。

我也曾固执地以为北大南门就是那个顶上一溜儿漆金大字，底下拉着一圈伸缩栅栏，围着一堆游客照相的地方。

2013 年，8 月 27 日，我立于北大南门前。

这一天是农历七月二十一，宜安葬，忌入宅。

房东在电话里对我说，在北大南门等着，马上就去找你。

我应声好，于是在太阳下拖拽着我巨大的旅行箱，一边顶着同学好奇的眼光，一边防着北大保安刺骨的杀气。

我害怕在他们让我出示证件的时候，我一着不慎，被他们击毙在当场。

等我后背都湿透了，房东才打电话来，说："已经到了，怎么没瞧见你啊？"

我说："我就在大门下，那个像条狗的就是我。"

房东说："你再往南走走，土灰色的围墙，中间有铁门，你进来，那才是北大南门。"

那才是租客口中的北大南门。

一个小型的社区，南北各有连绵的围墙，各开一道铁门。砖红色的楼密密麻麻地挨着，上尖下宽，像是插在筷筒里的筷子。我想这儿大概是北京为数不多的低端密集住宅区，区别于一般房地产广告的用语，比如"雍容大气华贵品质享受"，这儿的广告语大概能描述为：廉价低调普通乡土生活。向南，它毗邻中关村，电脑手机贴膜修理 IT 西装领带白衬衣；向北，它挨着北大，老师书生姑娘黑丝白腿宝马奔驰找美女。中国的硅谷和马萨诸塞波士顿教学区就依靠它紧密结合在了一起。

这是一个特有的廉价租房区，民工、码农以及考研的学生们混杂于此，如同蜜蜂嗡嗡地趴在蜂巢里，水果摊包子铺烧饼店是蜂巢下散落的零星小花。五十六个民族，五十六枝花，五十六种口音的外来人员是一家。

北大和中关村这两个壮汉之间，站着这个名叫北大南门的村范儿少年。

我后来站在北大教学楼上远远看着自己生活的地方，围墙如同护城河一样横亘。

两墙分架南北，只有天堑，没有通途。

一

因为上课的原因，我被迫进行了战略转移。在打了无数个中介电话后，终于选中了北大南门五号楼某个单元的四楼。2013 年 8 月，我搬到了这里。

对于没有经济收入的求学青年，租房的唯一标准是便宜。七十平的房子，分成了四个房间，两间较大的只做多人出租，全是上下铺，一间能住五六个人。这两个房间找到了很适合它们的主人，一间塞满了考研的学生，另一间挤满了农民工。还有两间小一些的，属于单人单间，只够放下一张床、一个小电脑桌。除此之外，就算多放双拖鞋都能让人精神压抑。

六百元一个月，我租了一个小单间。

剩下的单间，被一个胖子租了，我目测他有两百斤，房间的隔音效果不算太好，每晚他回来坐在床上，我总能听到刺耳的咯吱声响。这个人在中关村卖电脑，每天早上七点出门，晚上九点回来，我无意中看了一眼他的房间，只瞥见了数量惊人的烟头和闪烁着点光源的台式机。而我的生活也很简单，上课看书复习，用无穷无尽的题海抑制我虽然生锈却饥渴难耐的身体。

偶尔我会上网。

上网卡的连接速度难以形容，在无数次连接失败后，我睡着了。那一天我睡了很久，从白到黑，晚上十点钟的时候，楼梯上咔嗒咔嗒的高跟鞋声音吵醒了我，这声音听起来就像是走时精准的闹钟。高跟鞋从我的右臂前方一直移动到我的头顶，然后停了下来。

是住在我楼上的女人回来了。

五分钟后，我的电脑自动连接上了 Wi-Fi，没有设置密码，连接到的无线网络名称是 FAST8805。

我移动着鼠标，住在单间的胖子也在移动。他锁了门，沉重的脚步渐渐抬起，最后也停在了我的头顶上。我从来没有想过，这个胖子会出现在那里，紧接着就是喘息和呻吟。廉价建材具有维也纳金色大厅的效果，它们加强了这些音效，立体环绕声。

难以想象，他会和她认识，我的脑海里浮现着一个姑娘被肉山压住的场景。这种幻想让我疲惫而痛苦，吱吱呀呀的床板，哼哼唧唧的喊声。

啪啪啪，啪啪啪，啪啪啪。

我终于明白为什么我的兄弟问我，啪啪啪过吗？

那天我用了很多心相印，我不喜欢心相印，太硬了，触感不舒服。

胖子是哼着《浏阳河》回来的。

“浏阳河，弯过了几道弯，几十里水路到湘江，江边有个什么县哪，出了个什么人，领导人民得解放，啊咿呀咿子哟。”

他高兴的时候，可以唱一整晚。

在搬来第二个星期后，我的北大同学塞给了我一张卡片。他笑着拍拍我的肩膀，说：“拿去吧，你用得到。”我看了看卡片上的图片，无非是一个从网络上盗来的女人。

卡片的下端是一串电话号码。

我问他：“试过吗？保险吗？”

他说：“这个是最近的，也是性价比最高的。”

很奇怪，我心平气和地把卡片放在了钱包里，我以为自己会很唾弃愤怒，或者猥琐地笑，然而我始终是面无表情。

那一晚我回去后，大约十点钟的时候，我的电脑再次自动连接上了 Wi-Fi，而楼上再次响起了肉搏的战斗声，然而主角却不是我隔壁的胖子。他还待在自己的房间里。那一晚他唱的是黄小琥的《没那么简单》。我惊讶地发现，这个两百斤的胖子竟然可以唱得这么好。

这一次我没有用心相印，我从钱包里掏出卡片，用手机拨了上面的号码。

十秒后，手机铃声在我的头顶响起，我抬起头，即使在腻腻歪歪的喘息声中，铃声依然清晰可闻。像是歌剧院里突然响起了火车汽笛，穿透了整个小区。

我按下了终止键，铃声戛然而止。

那一晚，胖子没有停过歌声。

他悲伤的时候，也可以唱一整晚。

无数希冀从少年进化为成人的北大学子，在中关村卖着电脑硬件软件数码相机的销售，秃了头顶的二十九岁码农，一直找不到对象的三十岁 IT 大哥，究竟有多少人在楼上找到了人生的真谛与快乐？

我不知道。

九月底，楼上的女人搬了家。

我再也没有了 Wi-Fi 可用。

而住在单间里的胖子再也不唱歌。

二

十一国庆的时候，一个幽灵，正在北大南门小区徘徊。

那个人是我。

走到翔凤宾馆的时候，我看到几个人正聚在宾馆门口骂骂咧咧。我认得一个，是楼下水果摊的老板，这个人是酒糟鼻，很好认。

“刚十一，宾馆全满了，想找个房间打牌都没辙。这群大学生，放假头天晚上就把房间订了，这是来学习的吗？”

我低着头走路，向着自己租住的那栋破楼走去。

“帅哥！”

听到这样的称呼，我从来不回头。

第一，我不帅；第二，明知我不帅，还喊我帅哥，那一定是让我办事。

我加快脚步，就想溜号。但是一个姑娘三步并作两步窜到我面前，比我动作快多了。三分钟后，故事的发展是这位姑娘即将成为我头顶上的房客。她从出租车上拖拽下大包小包，然后交在了我的手里，请求我帮个忙。

处男一般不会拒绝姑娘的请求，不是处男，一般也不会拒绝。

平时只以眼保健操强身的我，咬着牙，提着两个加起来比我都重的箱包，用肉眼可见的速度一步步向上挪移。她背着书包，在我后面喊加油。好不容易到了五楼，我涨红脸，喘着粗气，像是刚打完一炮。

五楼的房间比四楼稍小，只有三个隔断房，每个房间三张床，但是整体比我住的地方干净一万倍，我不止一次看过蟑螂从我的床下爬过，而这个房间，估计蟑螂自己都不好意思来。

“马上还有人来入住，自己是来打个头阵。”

她介绍说。

我问她：“你是来干吗？工作在这儿，还是其他什么的？”

她说，自己已经把工作辞了，一心一意来考北大的经济学研究生，CCER。

我竖起大拇指，好魄力。

她问：“你呢？”

我说：“我是来上课的。”

她笑着说：“那好，以后一起去自习啊！”

我们互相留了电话，通报了姓名。

这个姑娘叫叶小青。

那天晚上我没有关机，第二天早上我起得很早，第一件事就是看手机。当然，是没有短信和未接来电的。事实上，直到我去北大上课，都没有人给我任何短信和电话。

我是在中午吃刀削面的时候碰到叶小青的。

那家刀削面馆很小，左边是川湘美食快餐，右边是过桥米线，它孤零零地在中间站着。我看它和我一样都很孤独，就选择了它，没人要的孩子互相疼。

坐在面馆门口大桌子上的是我隔壁房间的那一屋子农民工，大中午的也要了白酒，一人一海碗刀削面，一边抠脚丫子一边剥蒜瓣儿。剩下内堂的几张小桌，也坐着人，几个中年人埋头吃面。叶小青一个人玩儿着手机，面前摆着一碗面，筷子插在里面，看样子没怎么动。在她旁边坐着一对情侣，应该是北大的学生。他们说话速度很快，谈话的内容从奥派经济学到中国政治体制改革。情侣中女的不怎么说话，说话的都是男生，大谈特谈着自己跟着导师，大杀四方，如何如何了得。

可是我再仔细瞧了瞧，发现他吃面也加醋，也剥蒜瓣儿。

而且吧唧嘴。

我要了一碗面，坐到叶小青的面前，轻声咳嗽了一声。

她擤擤鼻子，抬起头，眼睛红红的，流着泪。

样子吓坏了我。

我不敢说话。

她有点儿不好意思，收起手机对我说："面太辣了。"

我说："真巧，还记得我吗？"

叶小青笑着说：“当然记得。本来想找你一起去自习的，结果有事儿就给耽误了。”

我和她边吃边聊，叶小青今年二十四岁，家是唐山的，本科学的是经济，但毕业后从事的却是出版编辑工作。这一次她下定决心了，一定要好好考个研究生。

她的男朋友在……

后半段我没听进去，听到“男朋友”三个字，我就开始吃面，稀里呼噜的。化悲伤为食欲，这是我最擅长的招数。等我打着饱嗝的时候，男朋友一段已经跳过，叶小青开始讲她几个朋友的幸福生活。

我们说着话，在面馆门口分开，我要去学校，而她还有些事情要办，弄完以后才会去自习室。那天晚上我回来得很晚，上到四楼的时候，我能够很明显地听出五楼又多了新成员，都是年轻姑娘的声音，清脆悦耳，让人心情舒畅。

然而好心情却在我进宿舍的时候彻底崩塌了。

房东站在那里，双手摊开看着我说：“这事儿确实有点儿麻烦。”

水管漏了，而紧挨着水管的是我的房间。遭灾面积不小，至少床铺上的地图比我五岁尿床时候画的要大得多，轻轻一拧，就有水滴出来。

房东安排我睡到另外的房间，胖子的单间就不考虑了，那两百来斤，他能把自己折腾到床上，已经超越我的想象力了。其实我本意是倾向于另外一间考研的房间，毕竟都是学生，同龄人聊得来。但是那个房间已经没有多余的床位了。唯一还剩一个的，就是农民工兄弟的地盘。

我是摸黑进去的，里面人都还没睡，我刚踏进去一步，就听见一声暴喝。

“谁？”

“我！”

“谁？”

“我！”

还好机智的房东阻止了我再这么愚蠢地回答下去，解释一下我的房间被水淹了，不得已来这儿借住一宿。农民工兄弟很通情达理，答应了。还剩下的床铺是上铺，我有夜盲症，拿手乱摸上去的扶梯，脚不小心踩了一个人，那边哼了一声，也没说话。

我心惊胆战地平躺在铺位上，鼻子里钻进脚臭和汗臭，嗯，比我的厉害多了。

多了一个人，他们也没有停止聊天儿。

从口音上，我判断出他们是东北的。在北京，东北的农民工兄弟还是占据较大比例的。我听着他们嗯哪咋的，哼哼哈哈聊着自己家里的情况。在我下铺的哥们儿，家里有一个儿子，还在上小学，他老婆在家带着，住在村儿里，这一次来北京挣完工程钱，他就回去。

住在我左侧的两位，是叔侄，侄子的爹出事故死了，叔叔带着他出来讨生活。

还有两人是亲兄弟，在商量以后回家建房子的事情。

我没有说话，只是在黑暗里睁着自己的眼睛。我记得我爸和我说过，人不能轻易和别人比，因为碰上比自己过得好的，心里难免愤愤，碰到比自己过得差的，又容易自满。但是他老人家又说过，可以去了解其他人的生活，因为那会让你明白自己为什么要继续努力，那些比你活得好的，付出了比你更多的努力，那些比你过得不好的，就算暂时陷入困顿，现在也比你努力，不拼命不行。

屋里五个人聊了聊去年一起在队里干活的事儿，包工头拖欠工资，一个老哥见没有钱拿，就爬到塔吊上示威。朝阳劳监局的人员赶紧过来解决问题，把欠薪要了回来，让那个老哥从塔吊上下来，结果已经没人回应。

上去一看，人已经冻死了，手掌硬邦邦地和钢铁粘在了一起。

说到这里，宿舍里的大家就渐渐没有了声音。

三

我和叶小青成了普通朋友，就是见面点头，偶尔一起去自习的那种。在确立了普通朋友关系之后，我也见到了她的男朋友。

那天同时见到了叶小青及其男友。

月色撩人，灯光昏暗，两个人像是决战紫禁城里的对决造型，谁都不说话，就是很酷地抱着胳膊站着。

别问我，为什么知道那个男的是叶小青男朋友，你要是看见了，你也知道。不过那男的明显比她大，年龄应该是二十九到三十岁左右。她男朋友手里提着一个小旅行包，他向前走几步，叶小青向后退几步。

男的停住了。

叶小青咬着嘴唇，开始流眼泪。

她男朋友终于开口说："下个月，你自己想好。"

叶小青摇头，往楼上走。

她男友转身离开，看都不看我一眼。

我恰如其分地充当了路人甲的角色，完美地演绎了被人忽视的特技。

我特意等了五分钟才往楼道里走，却没想到叶小青正好站在楼道口流眼泪。

她问我："都看见了？"

我说："嗯，确实，我眼不瞎。"

叶小青白我一眼，说："你这人说话态度能不冲吗，没看我哭了吗？"

我说："嗯，看见了，我眼不瞎。不该说的不说，不该问的不问。"

叶小青对我说："要不咱俩去喝点儿酒？"

我说："孤男寡女，这不合适。再说，其实咱俩只是假熟。"

叶小青说："呸呸呸，又不是去酒吧，就门口的'两口一串'，一边撸串儿喝啤酒，一边排解寂寞。"

话不多说，我和叶小青迈步往串儿店去了。那晚的风有点儿凉，让我想起那年的今天，和我曾经喜欢过的姑娘说再见的时候，风也是凉凉的，像是湿润的嘴唇轻吻着你的脸。到了店里，灯火通明，熙熙攘攘，我本来就没有贼胆，现在连贼心都没了。叶小青要了五十块钱的烤串儿，以及六瓶啤酒。

在孜然和羊肉、酒精和情感的影响下。

她给我讲了自己的故事。

叶小青，性别女，她男友，性别男，一个二十四，一个二十九。相识在北京中关村举行的某个高科技文艺活动上，虽然我觉得文艺就没有高科技的玩意儿，可是重点并不在此。总之，这两个人对上了眼，叶小青奋不顾身地爱上了这个男人，两个人确立了恋爱关系。

干柴烈火，一点就着。再加上对方是个大叔高富帅。

年龄当然不是差距，家庭是差距。

当然不是说叶小青家庭不好，而是她男友已经结婚了，这个帅哥泡妞的时候当然不会戴结婚戒指。可惜叶小青发现这个真相的时候，早已经把身子和心都献出去了。

她的男友也很爱叶小青，虽然结了婚又很爱一个人，这话说出来确实别扭，但事实如此。他要离婚，和叶小青结婚。就在这个时候，他的老婆联系了叶小青。嗯，生活总是狗血剧，我酷爱这种调调。

他老婆怀孕了。

一方面是自己喜欢的男人，另一方面是叶小青的道德感。

这大概就是冰火九重，呃，两重天的感觉。

叶小青最终选择了离开，她辞了工作，来到了北大南门，去考一个她本不想也无意考的研究生。然而她的男朋友又通过朋友找到了她，今天出现在这里，就是告诉她，下个月就离婚，他要和叶小青在一起。

叶小青喝口酒问我："怎么看？"

我说："那个男人把你当傻子，老子是学法律的，你自己去翻翻看，妻子怀孕的时候，男的要离婚，法院会怎么判。"

叶小青的手指紧紧捏着酒瓶，我觉得她有往我脑袋上闷的冲动。

我说："这事儿我发表不了意见，全看你自己。现在是你尚未泯灭的良知与爱情在作战，谁赢了听谁的，和歌词里唱的一样，永远跟随你的心。"

其实这话说了等于白说。

叶小青大概是喝多了，我总觉得她脸蛋上的酡红很让人心醉。她趴在桌子上，头发散在白皙的胳膊上，我侧头看着她的耳朵，那里都变成了粉色。

我咽了一口唾液，赶紧岔开话题说："我喝酒很厉害，你这样的绝对不是我对手。"

叶小青说："我喝酒不在行，但是记忆力很厉害的，手机里的电话号码都不用看，全都能记住。"

我问她："我手机号是多少？"

她报出口，一字不差。

叶小青把手机递给我，说让我随便翻名字念。

我问了二十次，对了十九次，还有一次叶小青红着眼睛不愿意说，嗯，我知道那个肯定是她男友的名字。

叶小青问我："你记得谁的电话？"

我说："我自己的，爸妈的。"

“还有前女友的。”

叶小青一扬眉，对我说：“矫情。”

我低头喝酒。

相互分享秘密，有助于拉近关系。

那晚我们其实都没喝多，只不过是两个陌生人之间需要倾诉。

要不然会被憋疯。

四

时间一开始总是慢慢悠悠，但是一旦快速起来，却让人无法应对。

日子很快就到了十一月，这一段时间是复习的关键期。我开始看书做题看书做题，再看书再做题。唯一的空闲时间就是下楼在小区里走走，让我的身体活动活动。

十七号的时候，在楼梯口碰到了一个陌生的男人，手里提着大包小包，艰难地向上跋涉。我回想起当时帮叶小青拿东西的惨状，赶紧过去搭把手。我俩一边上楼，一边聊。我问他，是不是新到的租户？

他说不是，他来找女朋友，他女朋友在考研。

他介绍说自己和女友是大学同学，毕业后，女友留京备考，他则回家工作。快考试了，他专门过来打打气送些好吃的，今晚上还得坐夜车赶回去，周一还要上班。

我问他："来回折腾，不累吗？"

他愣了一下，笑着说："一路上光顾着想她，都忘了累了。"

我突然想起来张信哲的一首歌。

看《宝莲灯》的时候，我还是个小屁孩儿，什么都不懂。插曲基本上都没听，只顾着看剧情，就记得歌好像是张信哲唱的。后来岁数渐长，到高中谈了一次恋爱，高中毕业后，她在武汉，我在北京。我坐火车去武汉看她，夜车，便宜。火车轰隆向前，有人放凤凰传奇的歌，有人说笑，有人打呼噜。

突然车厢广播里放了《宝莲灯》的插曲。

里面有一句歌词叫"我为你翻山越岭，却无心看风景"。我看着窗外灯光和华北平原的田野，却始终想着的是她。当我再听到那首歌、听到那句歌词的时候，会想起那列自北向南的火车，也会想起那个让我无心看风景的人。

我的朋友唐大夫说，这句话是最能形容异地恋的。

这话说得实在。

我下楼去，过一会儿听见楼上传来姑娘带着惊喜的呼声，那应该是和叶小青一起合租的租户。

楼道里的灯忽明忽暗。

自己也曾为了一个人千里奔波，而如今朝已罢，恨暮也难追了。我失去的，他们还拥有。

我很羡慕他们。

我把这些想法和叶小青分享。

她嗤之以鼻，说："你还真是个二百五，异地以后绝对分，考研和工作绝对分！"我觉得她的语气配得上一个感叹号。

我问："为什么？"

她说："没有为什么，这是规律，像政治课本里讲的那样，人们可以认识规律，但绝不能违背规律。"

我说："你这个傻子，你明明知道得这么清楚，为什么要陷进去？"

她不说话。

十二月的时候，北京的天竟然变得温和了许多。

叶小青的男友又来了，他也在附近找了一间房子。我在小区看见过不止一回。一开始他一出现，叶小青就躲，叶小青躲，他就追。

再后来，他们一起排队买包子。

北大的教室变得拥挤了，期末考试的、要考研的，都挤在那儿，差点儿为抢位置打上一仗。我每天七点就得去教学楼报到，要不然连个歇屁股的地儿都没有。

到十二月底，更多人不到闭馆前一刻绝不走。我看书看得实在累了，就躲在走廊里站着，想抽烟，但是楼道里不允许，只好嚼口香糖忍着。过了一会儿，听见背后传来哭声。

一个小姑娘一边打电话，一边哭。

“爸爸妈妈，我要是没考上，你们会不会觉得我不好？”

乍一听，我觉得挺好笑的。

后来看她哭得难受，心里也变得难受起来。我走过去给她递了一包纸巾，她抽抽搭搭地接在手里，轻声说了句“谢谢”。

回到宿舍的时候，那个考研的宿舍正在吵架。我后来听了听才明白，有一个哥们儿大概是觉得自己今年考不上了，决定放弃了。

他已经连续考了两年，这一年又废了。

他不甘心，可他无能为力。

和他一起复习、关系要好的朋友都在劝他，有的愤怒，有的悲伤。到最后，有人哭了起来，声音呜咽，但是听着心酸。一个大小伙子，跌倒了，我不能说他不勇敢，他已经试了三次，他之前没被困难击倒，而现在他不行了，他真的觉得自己不行了。

我躲在自己的房间里，蒙着被子。

想起自己也曾这么狼狈。我要放弃了，我朋友刘鹏给我打电话，对我说，考完吧，考不考是一码事儿，考不考完又是一码事。他劝着劝着，也哭了。这个兄弟住在门头沟，每天五点起来往北航旁边的公司赶，到公司的时候，头发上都是冰碴儿。

去年和我一起考试的时候，有一个胖子，他很爱吃东西，他很胖，他会大晚上在盥洗室洗澡，还用手机放张学友的《她来听我的演唱会》。

考完研之后，他跳楼了。

啪，像是踩扁的肉饼。

有很多人觉得无非是一次考试，没什么大不了，但对于有些人来说，这是他们出人头地的机会，他们珍惜而又珍重。

我们从来就只是小人物，没有高学历，没有大本事，只是蜗居匍匐缓慢笨拙地前行。

我拿手机放了一首久石让的《太阳照常升起》，我把声音调得很大，希望旁边考研的同学也能听到。

我很没出息地咽着口水，憋着鼻涕，不想让眼泪流下来。

五

“很多年以后，当我烂醉如泥的时候，我或许会想起那个下午房东带我来看房子的场景。”

我对叶小青这么说。

她说："马尔克斯是百年孤独，而你是百年矫情。"

我说，必须点赞。

叶小青和她的男友关系缓和了一些，但是否会结婚，我不知道。那男人的老婆也来了，她来他就躲，他躲，她就挺着肚子小步追，就像当初这个男人围堵叶小青一样。

隔壁考研的同学还在煎熬地等待着成绩，我送了他们一人一块巧克力。吃这玩意儿有助于提高身心愉悦程度。农民工兄弟在一月七号完成了工地建设，他们等待着抢票的时刻。

旁边单间的胖子，他一直熬夜玩儿游戏。

我想听他唱歌，哪怕是我不爱听的《浏阳河》。

楼上那对异地恋未来如何，我不知道。

事实上，就连自己会怎么样，我都不知道。

我要走了。

狼狈逃窜的时刻再一次来临。

我的课程已经结束了，我没有任何理由再在这里停留。2014年1月9日，这一天是初九，宜祭祀，余事勿取。

我提着行李箱，吃了一碗刀削面，加了醋加了蒜，加了辣椒，吃得我面色通红，吃得我涕泪皆出。我经过北大，那里学生们也开始收拾行李箱，要回家过年了。我经过中关村，腊月寒天，依然有人问我，老板，要发票吗？

潜入地铁站，看着钢铁巨兽呼啸着经过，在这座城市里穿梭，如同静脉里的血液回流向心脏。上车前的最后时刻，我抬着头，想要透过这钢铁车厢，透过这混凝土浇筑的建筑，透过云层遮蔽的黯淡，看到我心中北大南门的景观。

相亲那点小事儿

大概是年纪到了，周围的亲戚朋友都参与到了相亲大军的队伍里。挑挑拣拣几件事儿，有的是自己身边的朋友，有的是朋友的朋友口耳相传。总之不具有代表性。

一

我一个中国刑事警察学院的朋友，我喊他老赵，学的是法医学专业，毕业之后到了地方的警队里。一般来说干法医这一行的，工资还行，就是职业不太好说出口。老赵二十八岁，职业稳定，父母也都是公务员，车、房都有，衣食无忧，唯一的缺憾是没找着好对象。

他爹妈着急，也找人介绍了好几个。老头儿老太太也知道自己儿子这个专业听起来不是特别舒服，所以拜托别人的时候，都说儿子的职业是警察。反正法医专业毕业后是考司法系统的公务员（听老赵说，男生低于一米七还不收），所以平时穿的也是警服，当然真正研究尸体或者检查死因还要换专业的衣物。

一开始介绍得都很顺利，老赵人不错，长得帅，家庭条件也好，姑娘们觉得挺好。可是相处深了，难免会问具体的工作，到底是交警重案经济未成年犯罪还是什么。老赵一开始搪塞支支吾吾，说就是一普通民警。可是对于法医来说，案件死因处理报告或者相关材料并不是一定就能在局里完成，难免要带回家里加班。有时候包里也得随身带着与案件有关的照片资料。家里放着的也有什么尸体昆虫学、毒物学等书籍。短期内藏着掖着可以，但是谎话说久了，总有漏嘴的时候，时间一长，老赵从事法医职业的事儿就暴露了。

无一例外，姑娘们选择了分手。当然，理由是五花八门的，有的直接说觉得法医这个职业不太好。有的是说，相处以后觉得不太合适。还有一位说，老赵之前不该骗她，如果不骗她，其实她觉得法医这个职业也还不错。老赵说："那我现在不骗你，你自己不也说法医还不错吗，你还和我在一起吗？"

姑娘说："呵呵。"

老赵经历了数次相亲失败后，决定破罐子破摔赤膊上阵，让负责牵线的直接爆自己是法医，这样固然会吓退一大批人，但是依然愿意来和老赵接触的，就不会觉得法医职业是个大障碍了。

老赵的想法很好，但是不太切中实际。自从他把自己是法医的职业信息先暴露后，一连半年都没有人来，他也就这么晃晃荡荡地走到了二十八岁的关卡。

不过他的恋爱还是有所转机，后来真的有一个姑娘送上门来。

老赵给我看过照片，长发，戴黑框眼镜，眼睛大皮肤白，挺漂亮，年龄二十六七岁的样子。我说："老赵，这姑娘不错啊，人家真不嫌弃你是干法医这一行？你天天拿着脑子心脏什么的乱摆弄。这姑娘还真是人格高尚。"

老赵说："见面的时候我就和她挑明了，说自己是法医。这姑娘说，没事儿，法医其实就和医生一样呗，而且还富有正义感，人也勇敢。"

我说："你总算遇到识货的了。"

老赵也问过姑娘的职业，姑娘说自己是搞美容这一行的。

老赵好不容易遇到一个不嫌弃自己职业的，赶紧拍马屁说怪不得皮肤这么好。

两人就这么正式开始恋爱了，时间过了三四个月，互相感觉都还不错，预估着再看半年，尽量在老赵三十岁之前把婚事办了。

不过老赵也发现姑娘有些地方稍稍反常。比如老赵自己就是一个经常洗手的人，好像许多法医或是医生在清洁方面都略微有强迫症的倾向，每次洗手都要是三分钟以上，每天至少洗澡两次。但是老赵发现姑娘洗手和洗澡比自己还勤。或许是搞美容的也比较重视清洁。

老赵毕竟是待在局里的人，还是有些观察力的。他去姑娘家里做客，姑娘的房间里从来没有化妆的面部妆容杂志或者资料，就连化妆的工具也都很少。

虽然有点儿奇怪，但是老赵也没想着细问，毕竟人家都不说自己法医奇怪，这点儿奇怪的地方都不算事儿。

只不过有一次老赵开玩笑，彻底把事儿捅出来了。

老赵和他女朋友说："你不是搞美容吗，过两天能帮我妈美美不？她老觉得自己皮肤长斑不好看。"

姑娘一听这话，有点儿支支吾吾起来，过了半天才和老赵说："我要是和你说了真话，你可别生气。我实际上是搞尸体化妆的。有些尸体因为出于意外，所以面部保持得比较糟糕，我主要就是负责修复工作。"

老赵一听这话，愣了。

姑娘一见老赵表情不对，也急了，眼泪哗哗地就流。

过了几分钟，老赵点点头说："得嘞，咱俩谁也别嫌弃谁。"

一法医，一尸体化妆师，虽说从事的职业瘆人了点儿，但好在双方父母也都开明，彼此之间也不嫌弃。今年他俩就准备结婚了。

二

有个远房亲戚和我讲了一个她大学同学的亲身经历。

姑娘二十好几了，一直没找着合适的对象。当然这和姑娘自己也有点儿关系，这位同学性子实在是有点儿浑不吝。上初高中那会儿，男女关系就有点儿糟糕。到了大学稍微收敛一点儿，结果一毕业，又开始乱七八糟了。

也实在是耐不住性子，基本上都是谈了个把月就分手的那种。

眼瞅着这姑娘都要奔三了，家里想着，那就找人介绍相亲吧。而且下了死命令，必须得去见面，半路逃跑就把腿打断。

结果第一次相亲就出事儿了。

姑娘到了地方，和相亲的男士见面。先是问了姓名，小伙儿说自己姓李，后来两人又聊了二三十分钟。突然姑娘开口问：“你原来不是姓李吧？你姓周。”

小伙子很奇怪，问：“你怎么知道？我爸妈离婚之后，我就跟着我妈姓了。”

姑娘站起身，上来就是一个大嘴巴，把小伙儿抽得一愣。

“你说我怎么知道，初二那会儿，就是因为你，所以我怀孕了。十多年过去了，人都长变了，我开始还没敢认，后来发现还真是你！你这终于落在我手里了。”

说完，热茶就是一泼。

对方这也是一个泼皮不要脸的主儿，反手就给姑娘一大嘴巴，说：“当年你情我愿，怪得了谁？”

后来场面就乱了，周围不明真相的群众就瞅着一姑娘和一小伙儿打成一团，到最后连警察都过来了，把两人都铐局子里了。

我那远方亲戚问我："你猜怎么着？"

我说："不知道。"

她说："最后这俩还真成了，我算是服了。"

三

我一大英帝国读 PHD 的哥们儿，回国相亲，爹妈安排了一位在美国读 PHD 的女性。

两人聊了一下午，气氛热烈。

回去他妈问他，谈得怎么样。

他很兴奋地说，谈了一下午量子化学，她比我研究得透彻。

独臂刀

之前和门头沟的哥们儿约好了开车去野外玩儿自助烧烤。周六一早上就忙着整理铁架、孜然调料、各类畜肉。等九点多，开着车走阜石路，到了西五环奔南转搭上莲石路，万幸一路不算太堵，一个猛子扎进去，没到十一点就挨着潭柘寺的环岛了。

事先商量好了在潭柘寺碰头，三个人见了面，立刻下车躲路边儿抽烟，顺带决定接下来的路程问题。我对这片儿不熟，全靠这俩地头蛇领道儿。他们说有一野外滩涂，挺有意思，荒丘流水老树怪石，平时没什么人去，等一会儿就往那开。

我说："行，但是这一路尿憋着了，你俩等我会儿，我去撒尿。"

那俩骂我没出息，有一人还神神道道地指着潭柘寺方向对我说："大不敬啊！听说寺庙前行污秽事，佛祖菩萨可是会降罪的。"

我说："能不能讲点儿好听的，开着车呢，我这是为北京植被绿化贡献出自己的一份力量。"

解决完问题，那两人开着车继续向前，我慢慢悠悠地跟着。

也是邪门了，刚往前开了十分钟，本来挺好的天儿转眼就是乌云密布，一个闪电下来，车顶就被雨点打得滴答作响。

前面两辆车越开越慢，最后在道旁停了下来。

我也跟着开过去，摇下车窗问："怎么办？下雨了，烧烤肯定泡汤了。"

对面的哥们儿从车里探出脑袋，指着我说："让你不注意公共卫生，之前都说了佛祖要降罪，你在佛前尿尿，佛祖在你头上尿尿，这下傻了吧？"

我说："少来这个了，都是你乌鸦嘴，现在怎么着吧？打道回府，还是另找一地儿？"

剩下的一个哥们儿开口说话了："六月天孩儿脸，等着这一趟雨下完就得了，撑死两三个小时的事儿。这钟点也不早了，咱们先把午饭解决掉。"

他俩合计了几句，转头对我说："平常在城里待惯了，大酒店大饭馆都见识了吧，但是今儿让你再开开眼。"

也不多解释，那二位兄弟就是开车闷头儿往前。我心里装个问号，摸不清他俩的底细，究竟要把我往哪个山沟里带。过了一会儿，我瞅瞅街旁的号牌，已经到了冯村，这时候他俩又拐上一条奔东的小道，门头沟这段时间都在修路建房，那小路坑坑洼洼，明显不是什么正经地方。七拐八拐，我跟着他们，一路上见了不少窝棚小店还有三四个建筑工地，一直到一片空地前才停下来。

我瞧着这地上，雨水泡过后都是黄泥汤，不过周围的车还真不少，细细数数竟然有三四十辆之多。我闹不明白，这么个地方怎么聚着这么些车，而且还不乏百万以上的好车。

那俩哥们儿下了车，衣服掀起来遮着头，啷啷敲我车门，让我下来。

我们仨健步如飞，在黄泥汤子里如履平地，那大长腿迈的，全把泥点子撩在裤管上了。呼哧带喘跑了一通，终于到了一家店面前，躲进雨棚，抬眼一瞧五个大字——山西刀削面。

我顿时有点儿失望，冲那俩兄弟说："不带这么坑人的啊！就一刀削面，还用我见识？"

两人嘿嘿一笑，拽着我就往里走，脸上的神色既诡秘又暧昧，还带着点儿小激动，有点儿像是组团去小发廊消费的感觉。

别看外面瞧着屋子不大，推门进去发现其实内部空间不小，二三十张桌子整整齐齐地码着，已经坐满了大半。不少都是西装革履的高端人士，我这穿着短袖运动裤的往这儿一站，确实显得寒酸。

"怎么瞅着和商务会所似的？"我问旁边的哥们儿。

"什么会所，就一吃刀削面的地方。"他一边说，一边领着我们找了张空桌坐下。

"那这穿得人五人六的，跑这儿吃刀削面？"瞧外面那些好车，都不是吃路边摊的主儿。我还是弄不明白，只好继续问。

“这家啊，是京城最好的刀削面馆。”

兄弟拿指头敲了敲桌面，低声对我说：“今儿人还算是少的，平时都得排号。你瞧这些人，那都是开着车巴巴地往这儿赶，几个小时都不在乎。”

“不少在京的山西人都念着这一口儿。”

“为什么这么好？首先还是得说他的面好，一斤面三两水，打成面穗再揉成面团。先是用湿布蒙在上面，等半个小时以后再揉，揉得要光、软、匀。这家店从早上六点开始揉面，一直到中午十一点开售，从不间断。所以这吃起来筋道，咬在嘴里，能把你牙齿弹起来。”

“再瞧这卤，好牛肉拿卤汁腌渍好了，再搁到锅里，加牛油辣椒花椒大料肉蔻，先是炸香，再捞出来。接下来是放姜末葱末蒜末、料酒老抽生抽，加醋炒了。最后一股脑儿把这些都搁在大铁锅里煮，咕嘟嘟，盖上盖子，偶尔能顺着缝儿飘出点儿香味儿来，嘿，能把口水馋下来。”

别说，光是听他讲的，我都饿了。邻座儿有已经吃上面的，那味儿冲我鼻子里，情不自禁抽抽两下。

“不过，最吸引人的，还是这做面的人。”

兄弟啪地拍一下桌子，像是茶馆里的说书人。

“两位慢聊，跑肚了，我先去趟厕所。”另一个哥们儿捂着肚子撤退了。

之前对我说话的哥们儿面有不悦之色，像是为自己少了个听众感到可惜。

“这做刀削面的人哪，只有一只胳膊。”他悄声对我说，“而且这家店就他一人做饭，从揉面到削面，平时百十号人都能招呼过来。”

“啊？一残疾人，招呼这店，那还忙得过来？”我有点儿不相信。

兄弟随手一指店里正忙着端面的女人，对我说：“她也就收个钱端个面，不会手艺。”又一点店门口趴着写作业的小孩儿，对我说，“孩子那么小，更不会做面了。”

“你在店里还瞧见其他人了吗？”

“厨师间可是透明的，你自己再瞧瞧。”

我抬头一瞅，可不是么，那地方不大，里面确实就只站着一个人。短发黑脸，模样算不上周正，可是挺有爷们儿劲儿。左边的袖管空空荡荡，仅剩下肩膀那一小块，但是手肘的位置，接了一个板子，用铁丝箍在肩膀上。

木板子上隔着面团，平举向前。

那人右手持刀，刀锋切入面内，轻轻一划重重一挑，面片像是跃起的鱼，全都落入了锅里。而且他的速度极快，我原来也没少吃刀削面，见过不少熟手师傅做削面，但是动作都没他那么快的。

“他一分钟能削八百下，比那些几十年的老师傅还快两百下。而且他的面长宽都一样，拿手比一下，没差。”哥们儿扬着眉，赞叹地对我说道。

“这么牛 × ？”我瞪大眼睛看着。

正说着话，那边端完面的老板娘走到我们这一桌。哥们儿熟练地说，三碗牛肉刀削，再来一份凉粉儿。

点菜完毕，哥们儿左顾右盼，然后故作神秘地问我 ：“知道这老板的胳膊是怎么没的吗？”

“呦，还有故事？”我问。

哥们儿斟茶一杯，先饮一口，说 ：“且听我慢慢道来。”

老板姓杨，家中行二，上面还有一个哥哥。山西吕梁人士，家里开了一个刀削面馆，从小耳濡目染，刀枪棍棒耍得有模有样，什么兵器最喜欢，双节棍柔中带刚……啊，跑错片场了。总之，杨二老板对于刀削面一类活计的熟练度从小就是满值，这大概也就能解释他削面手速为何那么快。

杨二一边上学一边帮着家里忙些面馆的活儿，端面倒水指望不上他哥，他哥出生的时候腿脚就有毛病，所以只能靠他来做。不过这哥俩属于两个类型，哥哥因为身体原因，所以性子比较随和，看人做事也比较擅长 ；而弟弟则从小野惯了，打架混日子，都是家常便饭。

后来到了十八岁，学业没什么进展，杨二就去参了军。一晃好几年，等复员回家，他哥虽说腿脚不便，但好歹能写会算，勤快能干，把家里的面馆操持得不错。杨二回家以后也找了几份工作，但是干的时间都不长，最后还是落定在家里的面馆，做削面的厨子。要是按照正常的剧情发展，这也就是一个家庭和睦兄弟创业的动人八点档故事。

可惜事情还是往恩怨情仇的道路上走了。

有一天晚上，店里来了几个混混儿，吃了面喝了酒还不给钱，杨二的哥去理论，结果被人抄起桌椅板凳一顿打。杨二本来在后厨，听见前面有人吵闹，赶紧出来看。瞅见自己大哥被人打了，那还得了，仗着自己年轻体壮还在军中练过拳脚，上去招架。

一脚就把一个混混儿踹趴下了。

然后一拳又擂在另一个人胸口，没几下几个人都被他收拾了。

但是事儿还没完，那几个混混儿打电话喊人，没几分钟就有十几个人拎着家伙来了。那模样，确实是要动真格的了。

讲到这儿，我问门头沟的这兄弟："都抄家伙了，就没人报警？"

他冷笑着说："出警哪儿那么快啊！这都多少年前的事了，再加上那地儿治安本来就不好，就是北京，搁在现在，真要出这种事儿，周围的人也都是看个热闹。前几天老虎庙前面那烧烤摊子不就闹了一回吗，几个学生在那儿吃烧烤喝啤酒，结果和邻桌的混子起了冲突，那边一个电话叫了三十来个，手里都是拿的砍刀，过来把烧烤摊都掀了，啤酒瓶直接砸学生头上，你瞧见有人报警吗？万幸是那边混混儿还知道轻重，没真把人砍了，把学生打了一顿，看见出血了，就散了。”

但杨二碰见的这事儿可不一样，那是真动手了。

他倒是腿脚灵便，想跑就跑，可他哥怎么办？

其实真的提着家伙来的人，不一定想见血，但是之前被杨二收拾的那几个，喝了酒又挨了揍，劈手夺过刀就往他哥身上砍。

杨二拿自己当盾牌，用胳膊去架，护着他哥，就这一下，胳膊齐根儿断了。

哥们儿压低嗓子对我说：“杨二这小子确实硬气，胳膊断了也不喊疼，就是狠盯着那人，说有种你把我宰了，把周围的混子都震住了。

“这个时候警察才来，该进局子的进局子，杨二也被送医院，但因为伤势确实严重，已经接不回来了。后来砍了他胳膊的人进了监狱，杨二也不再想待在家里，一方面也是避祸，毕竟自己招惹了那些人，所以兜兜转转，就到这儿来了。”

没等我发表意见，刚刚去厕所的那哥们儿回来了，张口就是一句：“你又瞎扯了吧？说的跟真事儿似的，你瞧见了？”

这一下就是火星跳到火药里。

“我是没瞧见，我这也是听熟人说的，我觉得挺真的。你知道怎么回事儿，你说啊！”

两人正吵吵着，老板娘把面和凉粉儿端上来了。

我瞧着老板娘，俗话说女要俏一身孝，老板娘穿着白色衬衫，系着白色围裙，黑发盘起，眉眼柔和，还挺漂亮。

“怎么样，还不错的人吧？”刚回来的那哥们儿拿手推推我。

我有点儿不好意思地点点头。

“为这么个女人，丢一条胳膊，你说值不值？”哥们儿低声问我。

我赶紧问他：“你这还有新说法？”

“那必须啊！”他随手拿了一瓣蒜，边剥边对我讲了起来。

这哥们儿所讲的故事里，老板还是姓杨，不过变成了山西朔州人，父母早亡，家里没有做刀削面的传统，也没参过军，倒是练过几年武。

这人性格挺烈的，喜好打抱不平。不过也有人说他一根筋，是个浑人。

他原来住的那个小区，对门邻居是小夫妻俩，年纪都不大，在小区门口开了一家卖刀削面的面馆，味道不错，价格也公道，回头客不少，杨老板也经常去光顾。

两个人勤勤恳恳做事儿，所以这生意也越做越好。按理来说，生活应该是有奔头的，但是偏偏这开店的男人有个毛病，好赌。开始就是在茶馆铺子里玩儿扑克和麻将，打小局玩儿小钱，后来自家的面馆生意好一些了，底气足了，就经人介绍来几手大的。输了不少，但也赢了几次大的，这一下就把他的赌瘾给勾上来了。

十赌九输，他只是开头赢了半次，后面压根儿就没赢过。一着急上火，连现钱都输没了，周围有人设局撺掇他弄高利贷，拿面馆做抵押。这人一旦迷上什么东西，确实再难拔出脚来，男的心一横，抵了，然后签了三十万的单子。

这事儿他都没敢告诉他老婆。

后来还是有邻居知道了，悄悄透了风声出来，这一下夫妻俩就吵起来了。可是越吵，这人反而越有逆反心理，就越玩儿越大。接二连三地输，到最后把家底全给输光了，还倒欠下了六十多万的债。

眼瞅着没法儿还债，自己生意也没了，得嘞，一了百了，男的从楼顶跳下来了。他倒是死了个干净，可是他老婆的日子就没法儿过了。

面馆连房子带东西全都交出去了，就这还没完，还有六十万现金呢。从早到晚催债的就赖在门口，泼油漆叫骂扔死老鼠，一天两天还能忍，这要是一直持续一个月，非把人逼疯了不可。

这一次我没再问为什么不报警了。生活里提倡用法律解决问题，但是不可能用法律解决所有问题。蛇有蛇路，鼠有鼠道，就算报警又怎么样？直接把欠条拿出来，白纸黑字，上面又没注明这是非法高利贷，怎么走合理解决的途径？这哥们儿说的事儿，其实我也见过，也是债台高筑，男的死了，后来女的还不上，甚至去做了小姐。生活不仅有积极向上的一面，有时候也能把人往绝路上引。

眼瞅着对面的邻居以泪洗面，要债的人越叫越欢，这位姓杨的实在忍不住了。

那些要高利贷的都安排好了人守着，正好碰上那户女的出门，一下子堵在门口了，拉拉扯扯非要还钱，还吓唬着说，要是不还，就把胳膊砍了。

这时候杨老板开门了，对要债的说："怎么的，这是要把人卖了？"

那边说："你妈的，不是自己的事儿别管。"

杨老板笑着说："我今儿就管了，这债我替她还了。"

要债的一听，这种傻帽儿，谁还不都一样，行啊，来还吧。几个人拥着杨老板就进了对门的屋里。

等人都坐下，对门的女的一直拉杨老板的衣服，让他赶紧走。但是杨老板的牛脾气也上来了，就是硬扛着不动。

他问：“欠了多少？”

要债的说：“六十多万，你要是能还，抹去零头，只要六十万。”

杨老板又问：“那要是还不了？”

那边笑着说：“那就卸一条胳膊呗，行价。”

要债的把白条掏出来，顺手从怀里扔出个报纸包着的砍刀，砸在桌子上当啷啷地响。

杨老板点头说：“明白了，我没有六十万。”

说话间，操起刀，照着自己胳膊就砍了。

血溅当场，把一屋子的人都吓坏了。

杨老板忍着疼，说：“胳膊你拿走，白条我拿走，要是再找事儿，咱俩一起抱着从这窗户跳下去。”

要债的不敢拿胳膊，杨老板拿起来用报纸包好，硬是塞到他手上。

“你这说得也太假了，天底下哪儿有这么牛 × 的爷们儿？”另一个哥们儿摆着手说。

“就算是一浑人，为了点头之交的邻居，就能对自己下得去手？”

这一下，讲故事的兄弟也有些不好意思，对我们说：“我其实也是听说，应该有夸大的部分。”

两人正说着，那只剩下一只胳膊的厨子兼老板从那小灶台间走出来了。这一下两个人都噤如寒蝉，低头吃面，再顾不上打嘴仗。

我抬眼看他，不光是我，几乎馆子里所有人的目光都集中在他身上。我发现他已经把臂上捆着的木板解下来，站在门口抽烟，空荡荡的袖管随着风微微晃动。

大概是今天下雨，所以客人并不算太多，难得可以出来透透气。他低头对那女的说了几句，女人好像脸色有点儿不好看，摇摇头。但是他笑笑，手里拿着东西出门了。

外面还在下雨。

我注意到他手里拿的是削面的刀。

这种刀不是咱们平时用的菜刀。这种刀薄且轻，带着弧形，有点儿像是武侠小说里的圆月弯刀，但又不同于现代化的模具，应该是他自己做的。

我低声问旁边的哥们儿："他这是干吗去？"

"练刀。"

他一边低头吸溜面，一边回答我。

"每天必练，就在店后面的木头桩子上。

"你要是去看，木头桩子中间只有一道裂缝，因为每一刀都劈在同一个位置。"

老天爷很给面子，我们吃完刀削面，天就晴了，三个人结了账出门。我回头看了一眼那家刀削面馆，觉得很有意思，这人的胳膊到底是怎么没的？是为了帮自己的大哥挡一下，还是真的为了那个女人还债，所以自断一臂？

我还想再瞅两眼，旁边的哥们儿说："今天能吃到面，也算运气。"

他拿手画了一大圈，说："这一片要盖房。不过现在还在谈补偿的事儿呢，听说这店一直和那边搞拆迁的僵着，说不定哪天就被强拆了。这刀削面就再也吃不到喽！"

这家削面馆以及独臂老板，一直留在我脑子里。

有一次和我的山西土豪朋友提到这家店和这个老板，他听了之后大吃一惊，对我说，他可能认识这家店的老板。

我说："真的吗？那你讲讲看。"

土豪朋友说："我记得我爸朔州矿上原来有这么个人，的确练过武术，不过不是山西人，是河北沧州人。当时在矿里是做安检员还是什么的，具体职务记不清了。"不过土豪下矿的时候，他还陪同过，所以有些印象。

我问他："那人的胳膊是怎么没的？"

土豪说："矿里出了一次小事故，把他胳膊给砸了，后来没有办法，只好截肢。矿里还赔了不少钱给他。他自己也不干了，听说后来去朔州学刀削面去了，再后来就不知道了。"

我问："不是混混儿砍的，也不是自己为还高利贷自断一臂？"

土豪说："你以为写小说呢，这怎么可能。"

我还是不死心，又问他："他媳妇儿漂亮吗？"

土豪喷我："人家媳妇儿怎么样，我怎么知道。我也只是听到你提到这个，所以想起我爸矿上有这么一个人，到底是不是我也不确定。要不咱俩开车再去一次，我看一眼不就知道了。"

我俩这次又约上了，周末开车去门头沟再见识一下独臂刀削面。

等车开到冯村的时候，我不记得该怎么走了，那时候全是跟着那俩门头沟的弟兄，走的都是乱岗小路，鬼知道该怎么开。

我赶紧打电话给其中一个哥们儿，让他来领领道。

结果接通电话一打听，那边一声："嗨！那家店都拆了。"

"啊？怎么拆了？"我赶紧问。

"上次不是说了吗，要建房，那一片的建筑全都给推平了。"

"那人去哪儿了，你知道吗？"我追问道。

兄弟说："我哪儿知道啊，人家长着腿，去哪儿又不会提前告诉我。"

"不过那老板啊，确实牛 ×，拆迁的时候出了一事儿，你还不知道吧。"

之前因为价格谈不拢，所以那一片的地儿一直没拆，但是眼瞅着这工期渐近，不能再拖了，就算是伟大首都的边远地区，也免不了使用点儿黑招儿。

半夜十二点，黑灯瞎火的，一群人带着家伙，准备来硬的，给这犹在负隅顽抗的消极分子点儿颜色瞧瞧。

那刀削面馆是住用一体，前面是饭堂子，后面是住宅。

这些人刚拿着撬棍把前面的锁给弄开，后面老板一家就听见动静了。结果一群人还没进院子，人家老板先把门开了，手里拿着削面的刀。

甭管眼前是谁，都只是一刀。

从顶上到裆下。

脑门上开始一道凉气，面上一疼，面门正中一直到下巴颏，一道血线，笔直。

只伤皮肤，不伤肉。

身上的衣服应刀势而开，一分为二。

你拿棍子来打，只是一刀。

你赤手空拳，只是一刀。

月黑风高漫天无星，唯有手中刀光雪亮。

打到最后，只剩下一群人破衣烂衫落荒而逃。

独臂老板，独臂持刀。

袖管空空随夜风而动，如战旗猎猎。

“当然，我也是听说，不排除夸大的可能。”兄弟最后加了一句。

我笑了笑，放下电话和土豪说：“不用去找那家店了，人已经走了。”

他问我：“不用再查查吗？”

我摇头。

再去追查那人到底是谁，独臂何来，故事真假，都毫无意义了。他或许是以臂挡刀，换兄弟性命的爷们儿，也许是单臂抵债只为救相识邻人的浑人，或者习武多年独臂持刀力战强拆小分队，最后带着妻儿浪迹天涯，当然更可能他就是一个普通煤矿里的工人，因为事故伤了一臂。

这些口耳相传的故事本身远比事实的真相更有魅力。

从门头沟往海淀开的路上，我专门找了周华健的《刀剑若梦》来听。

“只怕热泪，不怕刀锋，手中有剑，眼前有你，可不可一生抱拥，怕更怕只是场梦……”

也正是因为有许多这样的都市传奇，我们原本冰冷无趣的生活才变得鲜活起来。

后来再去吃刀削面，我常常会想起那家店，想起三个人口中截然不同的三个故事。

想起独臂刀。

我和印度法学家

自习室来了一位印度小哥，长得眉清目秀，如果把他皮肤漂白一点儿，那活脱脱就是1986年版《西游记》里的唐僧。

一开始我并没有勇气和他搭讪，但是无意间的一句话拉近了我们之间的距离。

那天北京温度陡降，我起得挺早，自习室里只有我一个人。大概过了十来分钟，门“吱呀”一声开了，身后有椅子拖动的声音。

不用怀疑，那一定是印度小哥来了。

因为我闻到了一股咖喱味儿。

看了一会儿书，我觉得腿有点儿凉，就自言自语了一句：“真冷。”

这个时候有个声音在我身后响起。

“你没有穿秋裤吗？”

我下意识地回答道：“没有。”

紧接着我回头一看，发现那位印度小哥正一脸温柔地看着我。那意思好像是说，没有错，刚刚就是我在说话。

他字正腔圆地用中文对我说：“北京这个时候应该穿秋裤了，你看我……”

这位印度小哥顺势一撩自己的裤腿，露出里面屎黄色的秋裤。

“要好好适应北京的气温变化哦。”他拍拍我的肩膀，走回了自己的座位。

我再次下意识地回答道：“谢谢。”

那一瞬间我觉得天旋地转时空交错角色互换。

那一天我都怅然若失，我用了二十四小时去思考一个问题——他喵的到底谁是中国人？！

想我堂堂大秋裤国少年，竟然被一个印度小哥从秋裤这个角度俯视性碾轧！换了任何一个有拳拳爱国之心的少年都无法容忍，我必须以牙还牙，百倍奉还！

但是兵书有云：知己知彼，将心比心，我拿青春赌明天，你用真情换此生。

目前为止，我连这个印度小哥的名字都不知道，又如何下手，如何对他的弱点进行会心一击？

我决定了，我一定要问到他的名字！如果有可能的话再进一步套取他的基本信息，包括家庭背景婚姻状况星座血型，从众多方面找寻他的漏洞。万一他是印度土豪，我相信自己一定会为中印友谊推动一大步，万一他是处女座……算了，最好没有这个万一。

我已经摸清楚这个印度小哥的规律了，他一般都是早上八点准时到自习室里自习。所以第二天一大早我就端坐在自习室的桌前，手里虽然拿着参考书，心里默默唱着："是谁送你来到我身边，沙里瓦沙里瓦沙里瓦……"

大概把《天竺少女》循环演唱到第五遍的时候，我抽了抽鼻子。

没错！还是一样的配方，还是熟悉的味道。我这辈子第一次闻到咖喱味儿这么兴奋。

印度小哥他来了！

我按捺着激动的心情，面带微笑地回过头，对他说："萨瓦迪卡。"

他愣了一下，看着我有些不知所措。

咦？萨瓦迪卡不是你好的意思吗，他为什么表现得这么无所适从？

我思索了三秒钟，笑容僵住了，萨瓦迪卡是泰语你好，可是这人是印度佬，我给弄混了！

可是机智的我怎么会被这点儿小事难住，我立刻站起身，走到他面前，强装镇定开门见山说道："这位同学你好，在一起自习很久了，可以相互认识一下吗？"

我先把自己的名字报了一遍，然后对他说："请问你叫什么名字？"

印度小哥张口说："我的中文名字是……"

我微笑着说："不，说你本来国家的名字吧，这样我称呼你的时候显得尊重。"

印度小哥有些为难地说："我的名字太难念了，要不……"

我依旧保持着四十五度角笑容，对他说："没事，不就是字母吗，我会念。"

印度小哥张张嘴，最后还是妥协了，他随手抽了一张纸，对我说："给你写下来吧。"

过了三十秒，他把写有名字的纸递给了我，只见上面写着：Thandavakrishnan pindigur jayaraman。

坑爹呢是吧！我会念你大爷啊！尼玛名字取这么长是闹球啊！

可是这种关键的时刻，我如果说，对不起这位印度小哥，你的名字小爷确实不会念，那可不只是丢我一个人的脸，我还代表了千千万万华人同胞在和外国友人交往！于是我灵机一动，选取了中间一节最短的词汇：pindigur。

我和颜悦色地问印度小哥："呃，pindigur 同学，你好，这名字怎么念起来像是平底锅。你的名字还真是长啊！啊哈哈哈哈，你们印度人的名字都是如此富有创意吗？"

印度小哥笑着对我解释道："我们的名字一般都有固定组成，一般都是采用爷爷的名字 + 爸爸的名字 + 自己的名字模式，有的时候还要把地名带上，比如 ×× 市 +×× 村 +×× 街 + 爸爸的名字 + 自己的名字，你瞧我的名字，它的含义大概就是……"

"好了，平底锅同学，你不用解释，我已经明白你的意思了。"我果断岔开了这个话题，如果再继续下去，我怕自己会被他的名字绕死在当场。我必须重新开启一个话题，一个新的话题，一个足以让我把他的智商和自己拉到同一水平线，然后用我丰富的经验狠狠蹂躏他的话题。

九年义务教育培养了我眼到手到心到的快速反应能力，目光一瞥，印度小哥手中的那本中英译本《北岛诗集》在我眼中不断放大旋转跳跃。

就决定是你了！

我劈手夺过他手中的书，快速翻了两页，然后微笑着对他说："哎呀，平底锅同学，没有想到你还是个诗歌爱好者啊！我也很喜欢现代诗歌，黑夜给了我黑色的眼睛，我却用它寻找光明。卑鄙是卑鄙者的通行证，高尚是高尚者的墓志铭。不过平底锅同学你毕竟是外国人，读一读诗歌的确有助于培养语感，但说到创作，还是等你真正融入中国生活了再说吧，哦吼吼吼吼。”

我捂嘴娇笑，心中暗想，小爷从小到大都是语文科代表，和我这个中国人谈论中国诗歌，你玩儿蛋去吧。

印度小哥听了我的话，果然若有所思地点点头，像是领悟了真谛。

他对我说：“果然现在开始写诗太早了，对了，我之前写过一首现代诗，你能帮我看看吗？”

我微笑着点头：“呵呵，小子，你自己找死，可不要怪我嘴下不积德。”

印度小哥随手在纸上写了起来，别说，他的中文字写得还不赖，赶得上我小学五年级的水平。挥毫泼墨，诗歌写罢，他毕恭毕敬地把纸递给了我。

“辣椒不辣，女人不瘦，男人不富，世间最大痛苦！”

什么！

这种直接洞悉中国数千年国情的真实感是怎么回事！

这种完全掌控我国社会主义初级阶段的历史分析法是怎么回事！

这种看清社会现状，看清男女立场，看清食物本质的观察力又是怎么回事！

我倒退两步，只觉胸中憋闷，气血上涌，二十多年来在中国文坛树立的自豪感顷刻间荡然无存。此时此刻，这个可恶的印度小哥竟然面带笑容地问我："是不是写得很糟糕？"

我清咳两声，定下心神，轻声问他："平底锅同学，你是中文系的吗？"

他看着我的眼睛，真诚地说道："不，我原来在印度是学法律的。"

我怒极反笑，穿秋裤我比不过你，说名字我比不过你，就连中文诗歌也是你略胜一筹，可是不作死就不会死，平底锅同学，你是明知山有虎偏向虎山行！小爷可是中华人民共和国法学专业出身！

原来我一开始的定位就错了，什么生活常识文化底蕴，那都是扯淡！平底锅同学，我要从专业知识的正面战场堂堂正正地击败你！

"同行啊，同行！"我假装激动地握住印度小哥的手。

"你也是学习法律的吗？平时我也会找一些中国的法律书看。"他很惊喜地问我。

我点头称是，并拉着他，一起坐了下来。

"平底锅同学，这才叫不是一家人不进一家门，你对中国的法律感不感兴趣？想不想一起来探讨探讨？”

印度小哥愉悦地说：“好呀好呀，正有此意。”

我立刻打开电脑，搜索历年司法考试真题，出题老师用他们变态的智商虐我千百遍，如今我也要让外国友人尝试一下同样的快感。

第一题：甲深夜潜入乙家行窃，发现留长发穿花布睡衣的乙正在睡觉，意图奸淫，便扑在乙身上强脱其衣。乙惊醒后大声喝问，甲发现乙是男人，慌忙逃跑被抓获，甲的行为属于？

A.强奸预备　B.强奸未遂　C.强奸中止　D.不构成强奸罪

“来来来，平底锅同学，你来瞧瞧这一题选什么？”

我话音刚落，就瞅见印度小哥的脸腾一下红了，那神态像是十年前我第一次在电脑上看到小电影的紧张羞涩兴奋激动。印度小哥扫一眼屏幕，然后迅速低下头，但是无法抑制自己的好奇心，又抬起头盯着屏幕看了几眼。

“这……这真是你们的考试题吗？”他结结巴巴地问我。

我点头，意味深长地说：“当然，也就饱经风霜的糙汉子才能如此泰然自若，这种题目要是让小孩子看了，根本把持不住。”

“男的和男的，这也太大胆了……”印度小哥咽了一口口水。

“是不是没想出答案？没关系，”我安慰他说，“不知道你们印度怎么研究刑法问题，你瞧，其实这一题主要是绕了两个弯儿，首先在中国男男强行发生关系不算强奸，但是如果只想到这一步就错了，这里还涉及一个认识对象的问题，你看这个是错把男人当女人，所以……”

没等我说完，印度小哥突然抓住我的手，眼睛直勾勾地盯着我，轻声问我：“你刚刚说，在中国，男人强行和男人……不算强奸对吗？”

我从印度小哥的铁爪中抽出手，换下一题！！！

我对印度小哥说：“平底锅同学，其实我国司法考试的其他题目还是比较靠谱的，要不，我给你换一道正经的题目吧，刚刚确实是我考虑不周，那道题太低俗了。”

印度小哥斩钉截铁地对我说：“不！我就喜欢这种低俗的。”

我心中冷笑，好好好，你这外国后生，真是不知轻重，且看我第二题，这第二题乃是组题，由三小题组成。

1. 甲故意伤害乙并致其重伤，乙被送到医院救治保住性命。可是当晚，医院发生火灾，乙惨被烧死。

2. 甲欲杀其仇人苏某，在山崖边对其砍了七刀，被害人重伤昏迷。甲以为苏某已经死了，遂离去。但苏某生命力顽强，苏醒后，却刚迈了两步即踩空跌下山崖摔死。

3. 甲以杀人故意瞄准李某的头部开枪，由于枪法极差，没有射中，但打中其他不足以致死的部位。可是由于李某系血友病患者，最后流血不止而死亡。

请从犯罪形态以及因果关系上分析上述三案例。

一下三道题轰炸过去，就算是我也要头晕目眩技能冷却肢体僵直，我不信这印度小哥能够回答出来。

我看着低头沉思的印度小哥，终于露出了满意的笑容。

片刻之后，平底锅同学抬起头，用坚毅的眼神看着我，缓缓说道：

“阎王要你三更死，谁敢留你到五更。”

我一口老血喷出：“大哥，我知道你中文好，但这是让你答题，不是让你吐槽的好吗？”

罢罢罢，看来不出撒手锏，是拿不下这个印度小哥了。我盯住平底锅同学，将那道题目一字一句地念了出来。

“你的女友和妈妈同时意外掉入水中（当前条件下，你会游泳，但只有能力救一个），你应该救谁？”

念完此题，印度小哥已经双眉紧锁，目光迷离，嘴里喃喃自语：“妈妈，女友，妈妈，女友……”

没错，这就是一道混合感情道德法律亲情爱情的考题！印度小哥死死盯着题目，状若疯魔，好像下一秒就会精神崩溃。

我等待着，时间一分一秒流逝，印度小哥的神色越发浓重，直到十几分钟后，他闭上双眼，长出了一口气，然后对我说：

“我想通了，救我妈。”

嗯？有点儿意思，我很兴奋地问他：“你是从哪一方面考虑的，是基于法律上规定的父母子女之间的义务关系？另外对于紧急避险在这道题目里的适用，你有什么意见吗？”

印度小哥面色凝重地回答道：

“因为我没有女朋友。”

不愧是年少有为的印度法学家，他用高超的智慧将我所有的企图都击得粉碎。

最后我将自己珍藏多年的中国司法考试十年真题送给了平底锅同学。他双手接书，高过头顶，宛如端着盛满恒河圣水的金碗，他热泪盈眶地对我说：“你们国家的司考真题实在太对我的口味了。”

我拍拍他的肩膀说：“希望你能领悟其中的真意，等回到印度以后也要勇于维护公平正义。对了，我觉得你很有语言天赋，就全世界最难的中文都说得很好。好多人黑你们印度人，说你们英语说得巨烂无比，虽然从来没听你说过英语，但是我觉得你肯定不属于这一类。”

平底锅同学激动地点点头，对我说：“是的，其实我的英语还不错。再一次感谢你，Sank you vely vely mush。”

吃鱼

红油清洌，露出藏在最底的黄绿芽苗，轻吹浮面花椒，如风涌船动，滑向一边。鱼片早已用黄酒生粉胡椒揉捏入味，经滚油浇烫，白如玉璧，香味四溢。

食客如我已在大快朵颐，我的兄弟刘鹏却面露难色。伸筷，手微颤，自鱼腹处轻撕片肉，置于碗中。至此神色终显凝重，两筷分握两手，左右用力，将鱼肉慢慢撇开。再用食指拇指并起，轻拈碗中一物，额角有汗渗出，两眼盯紧，丝毫不敢放松，缓缓放在桌上，这才长舒一口气。

那是一根鱼刺。

“我真不擅长吃鱼。”

这个冬天敢单穿一件衬衣，生造二斤牛栏山，怒啃整锅羊蝎子的一百六十斤北京爷们儿，终于败在了一锅水煮鱼面前。

“刺儿太多了，这得挑到什么时候？”他用筷子敲着装水煮鱼的盆儿，“做了这么多年兄弟了，就别明摆着坑我了。”

“这样有意思吗？”

神色里满是悲愤，字字啼血，声声动人，如同伪军在战场上见了国军，高声疾呼大家都是自己人，中国人不打中国人。

这种事儿我已经不是第一次遇到了。

号称老饕的青少年美食家王鹏举同志，西去重洋之外啃过欧洲佬的面包，东渡大洋尝过日本人的寿司，嚼过驴碗口，喝过酸豆汁，可对上一盘豆瓣鲫鱼，也两眼抓瞎。

有一次去老虎庙的小渝府吃烤鱼，点了四斤草鱼，等加着炭火的大铁盘端上来，只有王鹏举同志“停杯投箸不能食”。

我们问他怎么不吃。

他不屑地说：“你们不就图草鱼便宜吗？可是草鱼刺儿这么多，你们拿手挑得不累吗？”

沉默良久，终于有人回答道：“我们不用手，用舌头捋一遍，再拿嘴巴一抿，刺儿就出来了。”

美食家王鹏举同志听了这话，一副还可以这样、这个世界再也不好了的表情。

“有本事你们换鲇鱼！”他义正词严拍桌怒喝道。

像是春晚上范伟大着舌头说：“你别老整三岁的题，有本事你整四岁的。”

北方人不善吃鱼。

当然这话不一定对，也打了我自己人种的脸，但之所以形成这种有地域歧视的观点，全赖身边这群不能吃鱼的尿货。

“人生有三大恨，一恨鲥鱼多刺，二恨海棠无香，三恨红楼梦未完。”这是张爱玲在《红楼梦魇》里说的话。她所提到的鲥鱼，与河豚、刀鱼齐名，并称“长江三鲜”，一直被誉为江南水中珍品，古时候还当成贡品给皇帝老爷尝过。

当初见到这句话，我有点儿纳闷儿，这个生于上海洋气十足的名门之后，这个能“低到尘埃里”的文艺女青年，怎么会恨鲥鱼多刺？江浙之地产鱼颇多，人人都是吃鱼的食客，对于他们来说，往往爱吃鲥鱼，因为刺多往往肉质鲜嫩，哪怕鱼骨都留有余香，吃鱼是种乐趣，吐刺亦是乐事。

这问题我百思不得其解，后来和一个河北姑娘聊起这事儿来，才终于解惑。

她对我说：“张爱玲祖籍不是河北唐山吗，看来还是咱北方的基因在起作用。”

不过不善吃，并不代表不会做。

北方邻河面海的地区，做鱼的方法多有独到之处。

我曾经去济南的汇泉楼（现在的汇泉饭店）吃过他们的招牌菜“黄河鲤鱼”。据说做这道菜的主食材选用的是黄河水至深处的鲤鱼，这种鲤鱼肉质鲜嫩，头尾皆是金黄色，全身鳞甲在阳光之下闪闪发光，古时候人们称其为快要跳过龙门的“半龙”。

就算是好厨子，想要把这道菜做出模样来，也颇不容易，刀工调味儿火候缺一不可。

先是去鳞，用小刀片片挑了，要不伤鱼身分毫。之后再用快刀切出刀纹，道道长宽一致，外裹芡糊，再进热油内炸，等到首尾都翘起来的时候，再用洛口老醋加冰糖调制的蜜汁浇在鱼上，据说只有这样的汤汁才能去掉鱼肉里本来的土腥气。

这道菜成品之后，外焦里嫩，轻拈鱼肉入口，第一声嘎嘣如咬化冰糖。

至于天津地区，因为临海，对海鱼的庖厨之术也多有研究。不过我对天津做大鱼的招法没有研究，倒是对一道名为“三鲜同锅”的菜印象深刻。

那是去天津的兄弟家吃饭，正好碰上他爷爷在家。老爷子见来了客人，亲自去菜市场买了一网兜海鲜，主要是小鱼小虾小螃蟹，鱼如小指长，虾如指节细，蟹如指盖大。老爷子先是把海货拿水焯了，去掉腥气，搁在一边。然后搬出一口大铁锅，搁在土台灶子上，先是小火，将三鲜都扔进去，不用锅铲，而用手炒。瘦臂掂起铁锅，手指并起，如龙潜深渊。

待锅底通红，再用铁铲，等鱼虾蟹全呈焦色，再加花椒、辣椒、葱花、一小撮芝麻，出锅。

拈起一小条鱼，扔进嘴里，刺儿都焦了，能直接咬碎，微辣，带有麻香，再喝上一口酒，通体舒坦。

不过平凡人家往往没有如此高的手艺，做出来的鱼大多是蒜瓣豆瓣混合味儿，加盐过多，吃口鱼肉要喝半瓶子矿泉水。至于北京街面上的馆子，手艺一直平平，早年间以东北的大块炖鱼为主，现在以川渝的水煮鱼烤鱼为王。有所谓的美食专栏作者给这种现象起了个冗长的名字，叫“北京地区饮食由北向南的递进式变迁”。

这种现象导致的后果是，百度百科上出现了个词条儿叫“北京水煮鱼”。

我川渝地区的兄弟得知这消息，气得牙根儿痒痒，痛斥这是在败坏四川美食的传统文化。他们还说了，学点儿皮毛不算什么，真正的精髓菜肴在于鱼香肉丝和鱼香茄子，吃鱼而不见鱼，这才是吃鱼的最高境界。

一风渐起，自有一风渐衰。我有一东北同学，拉我去北京街头找东北风味的馆子，他说想吃酱焖嘎牙子。嘎牙子，其实就是黄颡鱼，是因为其群游时会发出“嘎嘎”之声，因而得名。这菜是拿传统的东北大酱焖熟的，味道浓郁，唇齿留香。

等走到他所说的那家店跟前，却发现里面空空荡荡，门上贴着店面招租的字条。

同学矗立在风中，沉默良久，有种赵本山宣布退出春晚大舞台的落寞。

中国人讲究一饭一蔬皆有情趣，一尾鲜鱼的烹饪自然也是这个道理。

人们常说吃菜在念，念的是家乡的原汁原味。可说到底家乡的味道，家在乡前，千千万万个家才撑起乡，无数个乡又拼凑出了国，这才是舌尖上真正的中国味道。所以能做出自己心上那道鱼味儿的人，只能是家里掌勺人，或是媳妇儿，或是老娘，或是奶奶姥姥，当然也有可能是男同胞。

原来律所有一个同事，汕头人，用广普叫我的名字总是像在喊“瞪着羊”。他爱吃鱼，但嫌北京所谓鱼味儿失了本真，总是闷闷不乐。后来他老妈给他寄了个包裹，里面有自家做的鱼酱。

他邀请我也来尝一口，刚一拧开盖子，像是突然有一百十斤的大鱼窜出来用鱼尾抽了我一嘴巴，视觉未察，嗅觉先到。

千百年来海岸城市的风雨沧桑都聚集在小小的一瓶鱼酱里，用它就能完全感受水生世界的波谲云诡。

轻舀一勺，置于口中。

如遭鲜鱼汤醍醐灌顶。

从那以后我再也不敢称自己能吃鱼鲜。

不过那个汕头同事倒是对鱼酱颇为钟爱，每次不敢多吃，午饭时舀一小点儿，放在饭里，然后急急忙忙盖上盖子，搁在冰箱里，然后时不时偷看几眼。

我们说：“你要真想吃，就大大方方多吃几口。”

他解释说：“怕吃快了，就没了，所以要省着吃，因为每次吃，就像回了家一样。”

我其实也挺馋我妈那一口儿的。

她老人家做豆瓣鲫鱼其实一般，但我偏偏爱吃。

从菜场买的新鲜鲫鱼，将鱼去鳞掏肚收拾干净，然后在鱼身两面各剞两刀，见鱼骨而停。鱼身外抹上绍兴黄酒和细盐，鱼肚内搁进大蒜葱段，然后腌制。

稍待后再开旺火，下油烧热乎，把鱼放进去炸至浅黄捞起，然后在锅里放豆瓣酱、葱姜蒜炒至汤汁呈酱红色。再把鱼搁进去，用文火小煮，加酱油、少许白糖。

最后勾芡淋醋，些微绿葱花点缀，盛盘出锅。

我妈做鱼，但从不吃鱼，说是嫌刺儿多。不过有时候她会轻抬筷子，掀开鱼脸鳞片，夹所谓的“鱼脸肉”，她说这是鱼全身最活的地方。

我爸吃鱼厉害，一条鱼嗦啰嗦啰，五分钟就能整条肉进刺儿出。

原来没我的时候，是我妈做鱼，我爸吃鱼。

后来有了我，还是我妈做鱼，但变成我吃鱼肚，我爸吃鱼头鱼背鱼尾。我问他：“怎么不吃好地方？”他回答我说：“你瞧蚊子叮人，是不是专找指头缝儿、小腿窝儿、后脚跟儿？那是因为它们知道越是犄角旮旯，味道越好，吃鱼也是一样。”

他一边嘬鱼尾，一边对我说。

一家三口在一起吃鱼，这是享受。

老一辈的北方家庭，在吃鱼一事上往往有所缺憾。

我奶奶的表兄，原来住在白洋淀，到了捕鱼的时候，抓了不少好鱼，心里想着给妹妹妹夫送去，于是一路辛苦送到了北京。

我奶奶见了鱼，开始犯愁，怎么做呢？得嘞，腌成咸鱼吧。

好好的新鲜活鱼，成了阳台上晾晒的鱼干。

后来到了20世纪60年代，我爷爷奶奶支援祖国建设南下，到了湖北襄阳的棉纺厂。刚搬到新家没多久，就闻到隔壁邻居家里做饭异香扑鼻。

我爷爷是个嘴馋之人，拿着根香烟，去找隔壁男主人套近乎，顺便问问人家做的是什么。等十来分钟后，老爷子带着一脸诡异的神色回到家中。

“做的什么，问清楚了吗？”奶奶问。

“嗯。”老爷子尴尬地点点头，“他们说是驴头瞪驴头。”

夫妻俩傻了，这驴头瞪驴头是几个意思？

等在这儿生活了一段时间，口音都习惯之后，老爷子才知道，他是听岔了，人家说的是芋头炖鱼头。

可知道菜名了，到自己手里，不会做还是不会做。做了无数次鱼，换了无数种鱼，要么是口儿太重，要么是刺儿太多，总之，这就像是人民日益增长的物质文化需要与落后的生产方式之间不可调和的矛盾。

可老爷子偏偏想吃鱼，我奶奶就想辙吧。这么苦思冥想，还真给她想出来一办法。

那是她在涿州工作的时候学会的，菜名叫“无骨鱼”。用的是巴掌大的小鱼，去鳞取内脏冲洗干净，然后把小鱼抹上精盐放在一边。再用鱼内脏加葱姜大料单煮一锅，沸腾后把杂物篦出。最后把小鱼丢进鱼汤里，盖上锅盖子，等汤干焖熟开锅才算齐活儿。这样的鱼，骨肉酥烂，可以卷饼，也可以蘸蒜泥，风味儿独特。

这道菜做出来以后果然大获成功，我奶奶笑称这辈子就指望这道菜活了，于是就这么一做几十年，成了老爷子的特供菜。

我小的时候，一到冬天，我奶奶就会做无骨鱼，盛在一个小碟子里，再搭上一份蒜泥。老爷子抱着我，讲水浒英雄、草莽好汉，说到尽兴处，拿筷子头蘸一点儿他酒盅里的白酒，塞我嘴里。

辣！

小爷要号啕，刚出一个音儿，老太太就发现老爷子罪行了，扭头过来瞪他。老爷子有点儿尴尬地笑笑，夹一块鱼又放进我嘴里，嚼一嚼就化了。

窗外白茫茫一片，大雪纷飞，鞭炮声响。

初中的时候，二叔在郊区弄了块地，说是给爷爷奶奶颐养天年之用。

老头儿老太太很高兴，最让他们欢喜的是那边有一块小池塘。

奶奶说，能给老头儿养点儿小鱼吃，解他的馋虫。

老头儿听了这话还有点儿不好意思，老脸微红。

搬家那天，我也去帮忙了。房屋是按照老式的北方房屋造的，还砌了个炕。稍微收拾停当，老太太攥着我的手，让我去帮着一起撒鱼苗。清亮亮的水，鱼苗像是一个个小黑点儿，窜了进去。

只不过它们最终还是安逸地在池塘里生活着，没有成为盘中美食。

老爷子后来身体不好，进了医院，老太太说等鱼苗长大了，就给他再做鱼吃，这话也未曾实现。

那些鱼都长大了，繁衍了，死了，又有新的小鱼冒了出来。

老太太一如既往地按时喂食，巡视自家的池塘。

我问她：“奶奶，你怎么不做那鱼了？”

她说身体不好，做鱼太费工夫，而且也不想做了。

我听了她的话，看着池塘里的鱼悄悄吐着泡泡。

我常常在想，这个世界上，有没有人做一道菜，一辈子只为了一个人呢？我想一定是有的吧。

我奶奶不做鱼已经有十年了。

我爷爷因为医疗事故去世，也已经有十年了。

女汉子传奇

程瑶经常说老娘要是脸再小一点儿，胸再大一点儿，腿再长一点儿，屁股再翘一点儿，皮肤再白一点儿，绝对可以算得上是中警院的校花了。我每次听了程瑶这番话，都要情不自禁地哈哈哈哈称赞 po 主讲了一个好笑话，问她为什么要放弃治疗。程瑶总是把拳头捏得噼里啪啦的，然后面无表情地看着我把之前吐出的挨个儿捡回来咽到肚子里闭上嘴巴。

我认识程瑶已经很多年了，包括老段和郑直，也都是程瑶的朋友。我们几个对于她的评价一向就是女汉子这三个字。我认为我这辈子下辈子下下辈子都不会遇到什么姑娘比程瑶更当得起女汉子这个称呼了。

说她是女汉子，实际上程瑶的长相和打扮并不男性化。高中时候她是长发，虽说到了警官学院以后学校要求把头发都要剪短，但是她也没有显得很爷们儿气，夏天也穿森女裙子，冬天也穿雪地靴，而且从不轻易爆粗口，从不文身，从不学女婊第一偶像艾薇儿和第二偶像泰勒斯威夫特，从不抽烟，只是偶尔会和我们一起去酒吧喝点儿酒。

她的女汉子形象体现在其他方面。给我留下深刻印象的大概有那么两次。

第一次是 2011 年年底，那时候我和老段、郑直三人组团从北京出发单刷保定副本，专门把 boss 刷新点定在了警院，最终面见大 boss 程瑶。我们这个以欣赏警院警花为目标的犯罪团伙潜入了校园，将罪恶的魔爪伸向了女生宿舍。等到了楼下，我让老段给程瑶发一个短信，说我们到了。然后想着趁她下楼的空当好好欣赏一下警院胸大腿长御姐风范的漂亮姑娘。谁承想大冬天的，姑娘们都裹着警用大衣，连胸带腿都藏在衣服里，让我们好生失望。北风那个吹，三个怀着大好色狼理想的文艺青年就这么站在女生公寓楼前寒了心。陪我们一起在女生宿舍楼前受冻的还有一个骑着电动三轮的小哥，他车上拉着好几大桶纯净水，而小哥则不停抽着鼻子，抑制住自己不断涌出的鼻涕。

就在这个时候，程瑶下来了，穿着短袖。

她看着我们这三个穿着大衣的大老爷们儿，冲我们点点头说："都来了啊，等我一会儿。"然后她就径直走向了骑着电动三轮的小哥。只见这位姑娘单手从小哥车上拽下一桶纯净水，桶底砸在地上扬起一层细土。小哥默默抽着鼻子，似乎对这一幕早已习以为常。我和老段还没从程瑶身穿短袖单手拽桶的画面里醒转过来，倒是郑直反应快，一个箭步蹿到程瑶旁边要帮她抬。程瑶摆摆手，对郑直说：“女生宿舍有规定，你进不去的。”

话音未落，只见程瑶气沉丹田屈膝下蹲，双臂放在桶底，一声暴喝：“起！”

我们三个人眼睁睁看着程瑶腰不软腿不颤手不晃地抬着水桶，径直走进了女生公寓。

老段问：“程瑶住几楼？”

郑直迟疑地回答道：“是五楼还是六楼？记不清楚了……”

我补充道：“好像没有电梯。”

对话到此，我们眼中已经满含热泪，目视着程瑶的背影，我们情不自禁地鼓起掌唱了一首《真心英雄》。大概五分钟后，程瑶裹着警大衣出来了，带着我们这三个看她已经惊为天人的土鳖先在学校门口一人买了一份驴肉火烧，然后杀奔保定最有名的羊蝎子餐馆。那一次只战得昏天黑地惨无人道，程瑶怒挑半锅羊蝎子的英勇与之前提桶进房的豪迈成为我们之间广为传唱经久不衰的英雄诗篇。

吃饱了之后我们就寻求喝足的快感，程瑶趁着夜色反裹着警大衣带我们去了酒吧。说是酒吧，其实并不是原来我理解意义上的娱乐场所，倒像是慢摇清吧。那一晚程瑶没有喝多，反而是老段喝多了，开始絮絮叨叨讲他和女友吵架的事情。我和郑直一边听着一边聊，程瑶只是偶尔插嘴说上几句。我们这几个人当中，也就程瑶没有谈恋爱，我们好像也没发现她喜欢过谁，更没发现谁喜欢过她。她一直是淡淡的模样，对于感情这回事不急不躁，对于恋爱也有自己的看法，对老段的好几句都敲在点子上，颇有胸有惊雷而面如平湖的上将军风范。酒过三巡，我们相约日后再聚，于是三个鼠辈狼狈逃窜，而程瑶大马金刀走出酒吧再将警大衣重新裹正回了学校。从这以后，我们帝都三人猥琐小分队与保定特警女汉子的会面地点就经常是这个酒吧了，之后的一年里我们也时不时联系一下，只不过因为路程所限，次数并不是很多。

还有一次很体现程瑶女汉子风范的，是 2012 年的冬天。

那时候恰逢老段感情危机，整日垂头丧气，对于聚会也提不起兴趣。于是我和郑直以及郑直的妹妹郑小青一起杀奔保定，在酒吧里与程瑶展开了友谊长存和蹭吃蹭喝为主题的亲切会晤。到会者总共四人，程瑶首先就老段的感情问题进行了深切询问并对他的惨烈遭遇表示同情，之后又对郑直的妹妹郑小青百般调戏，且不止一次地泛着酸水说要是郑小青的好身材能送给自己就好了。

为了阻止程瑶的魔爪继续伸向郑小青，我只得豁出这条老命把程瑶拼命拖到一边，一人一杯 B52 轰炸机，畅聊起人生感情来。

我说：“程瑶！你一个女汉子，老祸害人家郑小青干吗？”

程瑶面无表情地拍着我的肩膀说：“小戴，你可知道老娘现在最爱讨论的三个话题是什么吗？第一个是你若安好便是晴天，第二个是吃货，第三个就是女汉子。”

“第一个太矫情，当年文艺女百试不爽的招数，可惜我早已看破，现在听到就反胃。”

“第二个属于自己管不住自己的嘴，但是又偏偏好这一口，美其名曰找的借口。关键是……老娘还真是一个吃货。人生已经如此艰难，请你就不要再拆穿了。”

“至于最后一个……”

程瑶看着我的眼睛，对我说：“其实我真的不喜欢别人喊我女汉子。”

还没等她继续向我解释，就听见不远处的郑直喊了一声：“你干什么？”

我回过头，看到郑直站在郑小青旁边，有些慌乱地看着面前的五六个男人。我皱了皱眉，不知道他们之间发生了什么冲突。我和程瑶向郑直那边走了两步，听到郑小青带着哭腔喊道：“哥，他们非喊我和他们一起喝酒。”我一听这话，就明白是怎么回事了。大概就是传说中酒吧里的“调戏”，只不过几杯酒下肚，自己的脑子也有些乱，所以就只顾着往郑直那儿凑，想着先把他妹妹挡着。

这时候程瑶一巴掌把我拨到后面，自己走到那五六个男人的前面。

“喂，程瑶……”我喊着她，但是程瑶却摆摆手不让我说话。

“怎么回事儿？”程瑶皱着眉问。她虽然个头不低，有一米六五，但是站在几个醉醺醺的男人面前还是显得很小很矮。很明显，程瑶的问话没有什么效果，就听见那几个人嘴里不干不净地骂着，还推了程瑶一下。我一看，坏了，这是要打程瑶！我赶紧往前快走两步。

还没等我完全站定，就听见程瑶一声喊："想干什么啊？！"

这一声大得简直快刺破我的耳膜了，就连挺远角落里驻唱的都停了。

我估计这辈子都忘不了程瑶那天的动作，我以为下面的画面我只会作为观众在电视或者电影院里看到，但是等我亲身经历了之后，却发现是如此酷炸天。程瑶那天穿着一件黑色的羽绒服，我看到她唰的一下就把拉链拉开了，直接衣服一扔，露出里面穿的中警院的警服，然后腿特别快地向前一踹，正踢在前面那哥们儿的裆上。当时人就倒了。之后程瑶掏出一个黑色的小本儿叫道："怎么着？想干架？认识这是什么吗？"

周围几个人好像反应过来不对，还没有做出什么举动，就见程瑶冲着周围嚷了两句："那边那谁，眼瞎了？没看到我在啊！"就见到那边呼啦啦过来好几个理着圆寸的帅哥，都穿着警大衣，估计是警院的小伙儿，都朝着我们这边过来了……

最终的结果是，这场架除了最初程瑶那一脚之外，再也没别的暴力举动。那几个挑事儿的慌忙走了，而几位警院帅哥留下来和我们喝了几杯，也撤退了。郑直和郑小青一个劲儿地夸程瑶霸气十足，程瑶笑着说要不带你们到这儿来干吗，这儿基本都是学生消费，都是警院熟人，出了事儿也都好兜着。咱好好的学生，肯定不主动惹别人，但是受欺负可不行。

我冲程瑶竖大拇指，说："程瑶你真是碉堡了。"

程瑶咯咯笑着说一般一般，警院的警花必须有这水准，你甭瞧着我厉害，我是拿学生证当警官证吓唬他们呢！

但是猛然间，她突然变了脸色低声道："坏了，郝言刚刚好像也在。"

我终于知道了女汉子也有少女心。那个叫郝言的小哥，原来是程瑶喜欢的人。我们几个百般追问，程瑶就是不说，后来程瑶实在顶不住压力了才和我们透露了些许内容。无非就是一个学校、一个专业的小伙儿，但是可惜人家已经有了女朋友，自己只是暗恋而已。

我和我的小伙伴都惊呆了。

这个单手提桶，能吃半锅羊蝎子，冬天出门穿短袖，遇到大事儿毫不慌乱比我这个老爷们儿还镇定，有勇有谋的女汉子竟然也会暗恋人?

只是我们再继续问，程瑶已经不愿意说了。没办法，经过了晚上的波折，我们的酒会就这么散了。

到后来我再和程瑶一起吃饭喝酒的时候，已经快到2012学年的学期末了。

这一次还是我们那几个，除了老段。只是我们调侃老段的同时，程瑶却不再吐槽了，反而沉默了许多。我知道，她大概是被我们知道了自己的恋爱小故事，所以很有些不好意思。尤其是我们还偷偷摸摸到了学校，让程瑶指认那个夺走她爱情的犯罪分子。

我给她拿了一杯酒，然后问她：

“你喜欢他，会和他说吗？”

程瑶面无表情地喝了一口啤酒，然后对我说：“说什么？说我喜欢他吗？何必呢，他有女朋友的，我可不愿意做那种破坏别人感情的人。”

我轻声问道：“不愿意试试吗？不是有那啥女追男隔层纱啥的。”

程瑶摇摇头说：“我真不愿意做这种人，我就是喜欢他，但是他有女朋友，我就让他好好的。我喜欢他是我的事，不是他的事。他女朋友挺漂亮的，我比不了。”

我张张嘴，刚准备说其实你也还好，但是关键是太违心了，实在说不出口。程瑶吧，人不丑，但是要说漂亮还真的是算不上。如果一个姑娘不漂亮，那就夸她有气质吧。可是我又转念一想，我天天喊她女汉子。没气质，那就夸可爱吧。一想到她单手提桶，我就觉得实在和可爱挨不上边。清秀？小家碧玉？大家闺秀？

恕我无能，我实在不知道该怎么夸她。

程瑶看我愣了半天，翻了一个白眼儿对我说：“不用想着安慰我了。”

她啜饮了一口，慢慢把吸管从杯子里拿出来，然后对我说：“其实有时候我的确挺难克制去喜欢他的。今天我知道他感冒了，所以偷偷给他送了一份感冒药。都快最后期末考了，我好歹得让他状态好一些。”

我问道：“他知道吗？”

程瑶像是看傻子一样看着我，然后冷冷地说道：“偷偷，懂吗？就是他绝对不会发现是我。”

正说话间，程瑶放在吧台上的手机震了一下。我无意间扫了一眼来短信的人，立刻喊道：“是郝言！”

程瑶刚开始还没去看手机，一听到这话差点儿从椅子上摔下来，我从未见过她如此慌乱过，她一下就从吧台上把手机攥到手心。程瑶拿起杯子，灌了一大口酒，然后盯着我说：“难道他真的发现是我送药了？”

我舔了舔嘴唇说：“你不是说不太可能吗？你看看短信内容不就知道了。”

程瑶呼吸急促地拿着手机，想看却又像护着自己仔鸡的老母鸡一样盯着我。老子又不是GAY，不和你抢男人。

“得得得，你自己去卫生间看好了。”我挥挥手，像是赶苍蝇一样。

我从来没见过程瑶如此欢乐如小鸟一般，简直是一路欢唱一路蹦跳着冲向了厕所。

但是一分钟后，程瑶脸色阴沉地冲了回来，直接灌完了自己那杯酒，然后对着调酒师说：“再来五个 B52 轰炸机，还要加一倍纯威士忌。”

“大姐，你这是咋啦？”我有些惊诧地看着她，不至于短短一分钟感情如此变化吧。

她什么话都没说，直接把手机递给了我。

我偷偷瞄了一眼短信的内容。短信短信，真的很短，就那么几行字。

“程瑶，我女朋友说她明天考试坐你后面，如果有可能就帮帮她啦。郝言。”

我扑哧笑出声，不禁想说请允悲，但是最终还是忍住了。我强忍住笑，问道：“什么感受？”

程瑶喝着酒，头也不抬地说：“一万只脱缰的野狗在我脑海里奔跑。”

事情的转机出现在 2013 年的春季。那是大四的最后一个学期开始的时候，也是众所周知毕业季即将开始的时候。程瑶在 QQ 上告诉了我一个消息，郝言和他女朋友分手了。

我听了这个消息，连忙对她表示祝贺。

程瑶却骂我神经病，说郝言分手了正难受着呢，她程瑶在这儿高兴岂不是太下作了。

我不禁感叹道，程瑶你可都快成妖了，你喜欢一个小伙儿咋就这么奋不顾身，这么不在乎自己的感受呢？

和程瑶闲扯了半天，最后她还是抖了我一下，说："那我到底表白吗？"

我说："必须的啊！这可是大好的机会啊！"

程瑶那边犹豫了半天，我一度以为她下了，最后十几分钟她回复一个：把老郑也喊上，你俩来帮我助阵。

于是在春暖花开万物复苏的季节，我和老郑再次踏上了保定之旅。只可惜那时候老段还纠结在他的爱情之中，简直是到了春风春雨愁煞人的境地了，不禁让我和郑直为他捏了一把汗。好在程瑶这一次终于要有一个大进展了。我和郑直到了酒吧，程瑶就是让我们在那儿会合。

等我们到门口，程瑶早就等着了。

她居然化了淡妆！我和郑直简直不敢相信自己的眼睛。这样一个数十年素颜如一日的女汉子竟然化妆了。而且她穿了高跟鞋，穿了裙子，简直是丧心病狂喜大普奔人艰不拆。我和郑直像看神经病一样看着她，看得她浑身不自在。

"是不是不好看？"程瑶有些忐忑地问我。

“请问……你真的是程瑶小姐吗？”我好笑着问道。

直接撩阴腿就上来了。

我赶紧擦把冷汗和郑直一起赞扬她，简直美到了极点。随后我们俩就护送着她进了酒吧。进门之后我们找了一个桌子坐下，然后我问她：“别人表白都是找一个僻静的或者文艺的地方，你怎么在这儿？”

程瑶略带小羞涩地说：“郝言特别喜欢来这个酒吧，而且他日志里写如果能在酒吧邂逅爱情，其实也是很浪漫的。”

我和郑直相视一叹，觉得程瑶真的成妖了。

我接着问了问郝言最近的情况，然后说：“谈得挺好的，郝言怎么和他女友分了呢？”

程瑶听了我的问题，语气变得有些冷：“要毕业了，那女的觉得郝言家境一般，就直接傍上另一个传说中的高富帅了。”

郑直很叹服地说道：“程瑶，你可真是什么都知道啊！”

程瑶说：“废话，不打无准备之仗。那女的自己不识货，郝言真的不错。可惜她自己劈腿，不过也好，婊子配狗，天长地久。不经历事儿，也看不出来人心。”

我点点头，正准备接一句赞扬她“婊子配狗，天长地久”真是文章本天成，妙手偶得之，突然余光一扫，发现郝言来了。我赶紧一胳膊肘砸到程瑶肩上，说：“开始行动。”

程瑶很干脆地说：“好，那我上了！”

她站起身，先到吧台点了酒，然后等到郝言那一桌坐定了，然后也走了过去。她好像是把郝言喊到了一边单独说话。

程瑶背对着我和郑直，不知道为什么我突然感觉那个单手拎桶、吃半盆羊蝎子的女汉子变了。她变得敏感，变得害怕，变得不知道自己该做些什么。但是她也依然勇敢，依然直接，依然勇于去尽自己的责任，去追求自己的幸福。

大概五分钟后，程瑶回来了。

面色平静。

我和郑直没敢问结果。

程瑶只是摇摇头，然后开口说："没成。他说他不太喜欢很男性化的姑娘。他说很欣赏我平时的举动，但是谈恋爱肯定合不来。"

我赶紧说："程瑶，其实你言行举止都不像男性。"

程瑶只是浅浅地笑，然后说："别废话了，其实我自己也知道的。我不漂亮，所以我装嗲也没有人会觉得我可爱。我性子很直，看到人不好我就会说。我有力气，所以我能拿得动纯净水。我敢出头，敢帮助我的朋友。"

"你们一直喊我女汉子，其实是对的。"

"女汉子，真的不是指那些举止打扮说话男生气的姑娘，那只是表面。"

"其实我真的是女汉子。"

“老娘单臂能跑马，胸口碎大石。行李书包全是自己扛，搬书搬水全是自己来。头疼脑热自己买药，天凉受寒自己穿衣，圣诞情人节自己送礼。可是这些是我想的吗？”

“我也想有依靠，能帮我拿东西，能听我说话，能让我撒娇，在我疼的时候帮我在伤口上吹气，但是我没有，所以我只有靠自己。”

“我不漂亮，所以不会有人主动接近我，所以很多事只有我自己来完成。”

“知道我为什么喜欢郝言吗？”程瑶问我和郑直。

“上大一那会儿，我和你们一起坐的火车。你们在北京下，我在保定下。我一个人拖着两个大箱子，背着一个背包，下站打车拖到学校。”

“到了学校，碰到一个男生对我说了一句，我帮你拿吧。”

“我说，谢谢不用。”

“他朝我笑笑，还是帮我接过包和箱子。”

我捏着手里的酒杯，不知道该说什么。

“他是郝言。”

“所以我喜欢他。”

“我从那时候开始喜欢。”

“我看他的每条状态，看他的每篇日志，看他的侧脸，看他打球，查他的星座，这四年里搜集他的一切。我知道他爱吃干煸牛肉和水煮肉，知道他喜欢拜仁，知道他喜欢的是温婉漂亮像是小家碧玉那种的姑娘。”

“我更知道，他不会去喜欢一个女汉子。”

“特别傻。就因为他一句话，还有帮过我。”

“因为这样傻的理由，我去做了那么多傻的事情。”

“真不像一个女汉子该做的事。”

“但是我还是喜欢他，他拒绝了我，我也喜欢。他的女朋友不知道珍惜，但是他一定能找到一个更好的姑娘。而我则继续做一个女汉子。因为没有人会来帮我，所以在找到那个愿意帮我的人之前，我要好好的，一个人好好的。”

程瑶一边说，一边从我手里拿走了酒杯。

我的喉咙涩涩的。

郑直拍了拍程瑶的肩膀，没有说话。

我哑着嗓子说：“程瑶，你这姑娘真是条汉子。”

“你绝对是冠绝河北省保定府的驴肉火烧西施。”

程瑶面无表情地举起杯子，慢慢喝着，眼泪静静地流下来，却又笑着说：“老娘要是脸再小一点儿，胸再大一点儿，腿再长一点儿，屁股再翘一点儿，皮肤再白一点儿，绝对可以算得上是警院的校花了。”

香肠啤酒马克思

我的德语老师max在东城西城昌平丰台怀柔顺义大大小小各个旅馆里积攒了无数张应召美少女小卡片。他经常问我一个问题，假如他叫了服务的姑娘过来，发现外貌和卡片上的不一样，能不能够请求消协保护……我看着卡片上姑娘的模样，分明是野模私房，只好沉痛地告诉他，灯一关眼一闭都是一样的效果。要多少是多啊？要啥自行车？

说实话，在遇到max之前，我一直以为德国佬是全世界最守时的种族。直到他第一节德语课就放我的鸽子半个小时，我才知道微博上公知都是骗人的。大概是2011年的夏天，我在京海研修学院上德语课。培训学校太鸡贼，教室里空调就只剩制暖功能了，几十号学生满满当当塞在教室里。培训班的助教说德语老师路上耽误了，要来得晚。我就一人儿跑教室最后一排趴着，我把后门打开一条缝，好歹有风进来还能凉快点儿。

大概过了二三十分钟，我突然感觉到有人拍我肩膀，回头一看一只大毛手。

一金发碧眼的货冲我嘿嘿傻笑，他躲在虚掩的后门后面，然后对我招招手，示意我出去。我一时还没反应过来就被他给拽出门外了。

等我站在门外的时候才恍恍惚惚有个念头，莫非这货就是我德语老师？

我对他说："Guten Tag！"

他对我说："咦，你还和我客气啥嘞！"

正宗河南口音。

"帮个忙，中不？"这货挤眉弄眼地对我说。

我说："可中！"

"自行车楼下不让停，俺俩一起抬上来。"

我跟着他到楼下，瞅着门外一辆二八大杠。我俩一人前一人后，一直抬到三楼。我擦把汗，他笑眯眯地对我说："你这小伙儿可是不赖！我叫马克思。"

这一历史性的会晤使我一直到进教室都没有缓过来。马克思果然是我们的德语老师，第一节课上他没说一句德语，先是用带着河南口音的普通话解释了一下从他住的地方骑车过来太远太累而且半道上迷路了，所以才来晚，第一节课不算钱。之后又用剩下的时间和我们讲了他到河南陈家沟学了五年太极拳的人生经历，最后课程在他一招野马分鬃的演示下结束了。

马克思曾经在德国哥廷根大学学习汉语好几年，之后环游世界，其间在中国待了五年。这五年他没去任何地方，一直在陈家沟学太极拳，这段岁月造就了他难以磨灭的河南口音。第六年，按照他的话说，已经算得到师父真传，所以他就此出师离开河南来到北京闯荡江湖。除了在培训班教德语之外，他还在北京一所野鸡大学里当外教。最开始我和他的关系没有那么熟，就是上课扯淡聊天儿抽烟。

但是自从有一次我在增光路的海碗居碰到了他，就一发不可收拾了。那天我正低着头吃炸酱面，就听见一个熟悉的河南口音说："上一份儿和他那个一样一样的。"

我抬头一看，马克思正坐我对面向我傻乐。

我朝他点点头，吸溜着喝我的豆汁儿。马克思大概是看我喝得挺舒服，又把服务员喊来说："给我加一碗和他一样的面汤。"

我说那叫豆汁儿不叫面汤，马克思说："好好，那就喝豆汁儿吧。"

我呼呼啦啦吃完面没急着走，就等着看他喝豆汁儿。马克思喝了一口，表情就变了，皱着眉问我："泔水？"

我面不改色地喝完豆汁儿，擦了一下嘴，淡定地享受着马克思崇拜的目光，默默谱写了一曲忠诚的赞歌。马克思对我说：

“你也太牛 × 了，这种东西你也能喝。”

我冷冷一笑，你们这种番邦友人怎么能够体会中华美食的博大精深。马克思说我知道你们 eat everything。我回答道，那是因为我们每样东西都能做得好吃。马克思说不信，我说这位老师，别看你和马老爷子同名同籍，可也不能仗着自己国际友人的身份胡说八道啊！从今天开始小爷就带你见识见识。

当天晚上下课，我带他去了一家江西菜馆，事先打电话订好了菜。等他吃了几口冲我直竖大拇指，我让他猜今晚吃的啥，他说不知道。

我说 dog，他说 fuck。

我说：“呵呵。”

马克思想了几秒钟说：“但是菜都点了，咱们还是吃完吧，其实真的挺好吃的。”

又过了几天，我带他去吃串儿，大腰肉筋鸡皮肉串全上了。

这一次他吃得很心安理得，全程狼吞虎咽，等酒足饭饱后他摇头对我说：“你这不算什么，德国也吃羊肉。”

小爷不屑地说：“德国能把耗子肉做成羊肉味儿？”

从此马克思拜服再不敢造次。

后来随着德语课上得越来越多，我和他一起撮馆子的时间越来越多，马克思终于吃水不忘挖井人想起来在自己家里请我一顿。那一次我才知道这个人家住在学院路，丫竟然放着地铁不坐，一路骑自行车到了京海研修学院上课，真是蠢萌蠢萌的。

一进门，我就看到马克思在切香肠。

他和我介绍这种香肠叫 Lange Rot，翻译成中文的意思大概就是长红肠之类的。这种香肠是猪肉肠，大概尺把长，有三根手指头并起来那么粗。马克思“唰唰唰”地拿着菜刀切。我说：“大哥你能慢点儿吗，切这么快别切着自己的手。”

马克思说：“我已经在河南学了五年，就算在中国也算得上是武功高手了。你休想蒙我，我知道你们中国人也不是每个人都学武。”

马克思老师你这是图样图森破，你竟然觉得我不会功夫？

于是我在马克思震惊的目光里为他表演了揉天阴穴、挤按睛明穴、揉四白穴还有按太阳穴轮刮眼眶。马克思差点儿吓得菜刀扔楼下去。我看他已经被我惊呆了，而且做饭还有一会儿，于是开了电视看新闻。

过了半个小时，终于开始吃晚饭了。马克思的餐桌很有意思，中间是一块大铁板，下面用木炭加热，一小会儿铁板就烧得通红。然后马克思把油、洋葱和土豆块儿搁到上面煎。长红肠切成段儿放在铁板上，只是一小会儿就嗞嗞地响，我看着香肠的皮被煎得发焦，赶紧夹了一个放嘴里，肉汁儿鲜爽，咬一口弹性十足。马克思还拿出来两罐德国原装啤酒，每一罐都有我半个手臂长。

他扣开拉环，然后对我说："俺们河南有句老话，话在酒中，酒在瓶中，不喝不中，来！整整去球！"

我俩碰杯大干一口，凉爽啤酒进肚，话就多了。

我问马克思："大叔，你怎么也都四五十了吧，怎么会想着到中国来？"

马克思说："我在全球旅游，中国是既定目的地之一。之前看过《红星闪耀中国》，所以对中国心向往之。"

我说："你好歹也是哥廷根大学的啊，也不找个好点儿的学校待着，去野鸡学校干吗？"

马克思意味深长地说："这你就不懂了，我要是在好学校，就得按照人家作息制度来，但是我又喜欢瞎跑，人家把我辞了怎么办？野鸡学校就不一样，随便出去几个星期，回来补课就行。"说到这里，马克思突然压低声音问我，"野鸡是不是还有那个意思？"

我装傻充愣说："什么意思？"

马克思站起身从自己卧室里拿了一大把小卡片出来。我羞涩地拿起那一大把，慢慢地欣赏，并且对马克思说："大哥没看出来啊！你都快把北京的小旅馆住遍了。"

马克思谦虚地说，最开始也没经验，以为洗浴或者小旅馆就有"特殊服务"，后来还是北京的哥点醒了他。

我问他："光靠这解决生理问题有啥用啊！有性无爱的人活不长久。你都老大不小了，干吗全世界乱跑，回家照顾父母找个媳妇儿安生过日子不行吗？"

他说："我怎么没找，只不过离婚了而已。"

我说："那就老老实实在家孝顺父母吧。中国有句老话，父母在不远游。"

马克思说："我爹十年前就死了，我娘几十年前就死了。"

我觉得自己好像触动了老马的伤心事，也不敢再多说话。马克思自己却停不下来，他问我："你知道柏林墙的事儿吗？"

我说："我当然知道。"

老马说，柏林墙大概有三四米高，好几道防线，什么水泥墙瞭望台通电铁丝网拒马，还有警犬和军队随时准备着。虽然警备严密，但是依然有很多幸运的家伙从东德逃到了西德。比如有个小朋友，他家里挖了六个月的地道，从东德直接挖到了西德。还有一家人，自己做了热气球，从家里飘到西德。对了，还有牛×的，自己做潜水艇，在河里开了大半夜才到了西德。

当然，也有很多不幸的人。

有一个小伙儿，都已经爬到墙上了，结果被子弹击中，从墙上倒下来，在墙底下流血至死。

马克思突然问我："你说如果只是忍忍看，不就能活着了，为什么那么多人想要翻过墙呢？"

我说："是不是为了民主自由什么的？"

马克思提出问题，却没有回答我。他一边喝着啤酒一边说自己老娘当年在东德，想要到西德去。他们是用重型车直接冲撞柏林墙。就开着客车，车上坐着人，一鼓作气撞倒墙。那时候柏林墙刚修没多久，墙体还没加固，所以很多人用这种方法。

他老妈也是这样一个大胆的女性，坐着车，直接向着柏林墙撞了过去。

后来那辆车被子弹打着起火，全车人被扫射而死。

马克思说："那时候我刚出生不久，我和我的父亲在西德，我妈在东德。"

我很傻地接了一句："乡愁是一道矮矮的围墙，你和你爸在这头，你妈在那头。"

马克思鼓掌说："好诗好诗，我决定过些日子再出发，不待北京了。我很喜欢旅行，因为我总觉得有什么东西束缚着自己，我想冲出去。我觉得我的爱情会在前方等着我，等着我冲破那道墙。"

我说："你这心态才是真的好，比拿着旅游当装傻资格的绿茶婊好多了。"

马克思问我绿茶婊是什么，我说就是对女性的赞美，意指这个姑娘绿茶含量很高。

我问马克思，决定去哪儿。

他看着我的双眼，用河南话吐出了两个字。

东莞。

后来德语课结束后，马克思果然离开了北京，我没去送他。我不知道他现在是否搜集到了更多的小卡片，不知道他是否领略了更多的少女，也不知道他能否在东莞吃到正宗的香肠、喝到爽口的啤酒。

他走之前为我留一个字条，上面写着歌德的诗。

“我很了解我自己，

我的肉体在旅行，

我的心却总是休憩在爱人的怀里。”

图书在版编目（CIP）数据

我叫你一声，你敢答应吗 / 戴正阳著 . — 北京：北京联合出版公司，2016.5

ISBN 978-7-5502-4155-8

Ⅰ . ①我… Ⅱ . ①戴… Ⅲ . ①随笔－作品集－中国－当代 Ⅳ . ① I267.1

中国版本图书馆 CIP 数据核字（2014）第 274191 号

我叫你一声，你敢答应吗

作　　者：戴正阳

责任编辑：李　征

北京联合出版公司出版

（北京市西城区德外大街83号楼9层　100088）

北京盛通印刷股份有限公司印刷　新华书店经销

字数：150千字　880毫米×1230毫米　1/32　印张：7.5

2016年5月第1版　2016年5月第1次印刷

ISBN 978-7-5502-4155-8

定价：36.80元